暗い流れ

YosHie WadA

JN100693

和田芳恵

P+D BOOKS
小学館

目次

暗い流れ――――5

仕事の必要から『近代日本総合年表』を開いていたのではなかった。ただ漫然と見ていて「ハレー彗星、地球に最接近。日本でも流言・噂、不安をよぶ」という記事に出合った。明治四十三年五月十九日付けの社会欄である。同じ政治欄に五月二十五日付けで「宮下太吉、爆発物製造の嫌疑で松本署に逮捕される（大逆事件の大検挙始まる）。」、六月一日付けで、「湯河原で幸徳秋水逮捕。以後八月まで、和歌山、岡山、熊本、大阪でも関係容疑者逮捕」の記事が出ていた。

明治四十三年と言えば、私は数えの五つであった。

北海道山越《やまこし》郡長万部《おしゃまんべ》村字国縫《くんぬい》という内浦湾に面した小さな村に生れた私は、大逆事件の事は何も知らないが、ハレー彗星の騒ぎに就いて、はっきり覚えている。

ハレー彗星の長い尾が地球に触れそうで、もし、そんなことになったら、地球上の生物は全滅するという噂が村中に流れた。

新聞を取っている家から、ハレー彗星の流言がひろがり、わかり易い言い方で女、子供の耳にはいったのだろう。子供の私が虚無的な気分になり、この世も終りかと嘆いたりした。

ハレー彗星とはグリニッチ天文台長エドモンド・ハレーの観測で、約七十六年を一周期として出現することがわかったため名づけられたが、ハレーはハリーとも言われた。金指正三著『星占い星祭り』の中に「彗星」という項目があって、〝彗星は和名ハハキボシ、妖星といわれ、この星があらわれると、災害をもたらすものとされ、上代・中世を通じてこの星ほど天下上下の人心を動揺させたものはない。『日本書紀』に舒明天皇六年（六三四）八月、「長星南方に見《あら》わる。時の人彗星という」〟が初見であると書かれている。天文道では、光芒の形、色で、どういう星か判断し、天文書を見て、その変を占った。朝廷では、その災を除くため、神仏に祈ったという。

この著書の中に次のようなハリー彗星のことも出ていた。

〝彗星の御祈りに、僧侶多数を朝廷に請じて読経させたことは前に記したが、久安元年（一一四五）四月五日あらわれた彗星は、光芒長さ一丈ばかりで、六十日間つづいた。これはハリー彗星である。左大臣藤原頼長の日記『台記』には、宮廷における彗星に対する動静が事細かに記るされているが、そのなかに仁和寺法親王覚法が、御鳥羽の御所において孔雀経法を修して彗星を消そうとしたが、消えたかと思うとまた出現するので、修法がなかなか結願《けちがん》に至らず、延引に延引を重ねた。法皇は親王の歎きをなぐさめるため賞を賜わったところ、俗人これを名づけて「星出賞」といったとある。彗星が消えるというのは、天候の具合によって見えないことであり、軌道を遠ざかってゆくことを知らなかった当時のことであるが、修法によって消える筈のない彗星を消すために請ぜられ、世の嘲笑をかった人ほど気の毒なものはない。頼長も「彗星なお消えず。孔雀経法（仁和寺法親王）またその験なし。弘法・慈覚の両門、すでに地に堕つるの世か。あゝ、哀しい哉。」と記しており、やはり法力で彗星が消えると思っていた。

彗星があらわれてから二ヵ月余りのちの六月七日の条に、

　師安来たりいう。去夜彗星見えず。去月廿六日夜、天晴れ彗星見ゆ。その後毎夜陰りて有無を知らず。去夜晴に属すと雖も見えず。この間大僧都定信、禁中において仁王経法を修す。験ありというべきものか。先日の大法等（孔雀経法）、全くその験なし。仁王経の時に至って始めてか。孔雀経は験なくして賞あり。仁王経は験ありて賞なし。

とある。〟

彗星のうちで、ハレー彗星ほど騒がれたものはなかろう。大逆事件は、なんとなく口にするのも恐れはばかられたらしい。権力の中にひそんだ重苦しい感情が、沈黙を強いたと考えられる。

国道沿いの村はずれを流れている国縫川に木造りの橋が架っていた。橋の袂に鍛冶屋があって、煙突が屋根を突き抜けて高く伸びていた。夜空に赤く、煙突から火の粉が噴いているように見えた。

「あれ、なんだろう、ね」

弟を背負った母が、私へ問いかけながら、たちどまったり、歩いたりして鍛冶屋のほうへ進んで行った。小さな私から満足な答えが出るはずはない。みかん色の星が同じ色の長い尾を引き、星空に貼りついて無気味に輝いていた。

「源次が夜業《よなべ》するはずもないのに、……あれはハレー彗星か」

鍛冶屋の息子の源次は軍隊から戻されて来たが、頭の働きがにぶって、仕事に精を出さなくなっていた。誰かに殴られたせいらしい。大人のくせに私たちの餓鬼大将になって、遊びまわっていた。

二つ年下の弟の修平は小児喘息が持病であった。発作がおきると激しく咳込んで仮死状態になった。顔は土いろに変り、からだがぐったりするので、いつも、弟は死ぬかもしれないと私は思った。

母の素肌に丸裸の修平がおぶさっていると、やがて、発作はおさまった。

河口から海へ流れ出てゆく川水が、内浦湾から押し寄せる波とぶつかりあって、ほの白く泡だっていた。

橋の欄干に倚りかかって、母は駒ヶ岳のうえあたりのハレー彗星を遠く眺めていた。

私の眼をのぞきこんでから、母の眼はハレー彗星へそそがれた。私は母の眼に連れられてハレー彗星を見たが、これは、いやなら、見なくともいいときのいつもの母の癖であった。

「あら、あら、大へん」

と言いながら、母は両脚をひらき、少し前屈みになって、きもののうしろを抓みあげた。母の脚を伝わって、橋板に修平の小便はしみひろがった。

私も身におぼえがあった。眼がさめて、途中で気づくのだが、わざと眠ったふりをして、母の背中へ小便をした。じっくりと丸裸の私も濡れてきて、母の背中から両脚を伝わって小便が逃げてゆくらしかった。

母の背中に触れたままの私の筒先から尿がほとばしるのは、いい気持であった。

弟に母の手がかかるようになって、私は姉《ねえ》やのシモに見てもらうようになった。シモは国縫から近い茶屋川という村の農家の娘だった。

シモは、きものをきたままの私を背中へ括りつけるだけであったが、私は自由に動かせる足で、まるみのあるシモのぷりんとした尻を、ぽんぽん弾みをつけて叩いたりした。

女中部屋でシモが私を抱いて昼寝したことがあった。きものをきたまま、畳のうえに寝ていたが、シモの股のあいだに私の片方の足首がはいり、熱い軟かな湿った裂目へ斧を打ち込んだような形になった。

シモは、ほっと声をあげて、私の足首をはさみつけたが、どうして、私が、こんないたずらをしたか、わからない。

「誰にも言ってはだめよ」

締めていた前掛で、シモは、ねばねばした私の足首を、ていねいにぬぐってくれた。

シモは浅黒い肌の女の子で、頬のあたりに雀斑があった。小学校を出たばかりで、うちへ来て、二、三年は家事を手伝っていた。髪は桃割に結って、身ぎれいにしていたが、きものの襟がよごれないように、日本手拭を巻いていた。これがシモを、しっかり者に見せたが、祖母と二人で地味に暮してきたせいらしい。

「シモ、どうしたかな」

小学校にはいった年の秋、茶屋川までの遠足があった。私はシモに逢いたくなっていた。

「さあ、どうしたろうかね、シモはお嫁に行ったかもしれないよ」

母は海苔巻の弁当を作りながら、シモのことに触れたがらない様子であった。

私たちの眼の前から、急にシモは姿を消した。シモの祖母が訪ねてきて母となにか話していたが、いっしょに連れ帰ることになったらしい。

「なにか、あったんだろうね。わからないけどさ」

私が、しつこく問いただすと、三つ年上の姉は考えあぐねたように言った。

私の家は荒物雑貨類や食料品などをあきなっていたから、人手があまるということはなかった。脛が出る短いきものをきたシモは働き者であった。

「さよならもいわないで、出てゆくシモではないもの」

感情をこめて、姉は言ったが、シモの考えでなく、大人たちの話しあいで、いなくなったと思っているらしかった。

「ねえちゃん、シモのところに行ってみるか」

「そうだね、先生がいいと言ったら、いっしょに訪ねて、いろいろ聞いてみようよ」

私はシモに逢えるかもしれないと興奮していた。

複式学級なので、校長を入れて四名の教師に引率された生徒たちは、短い列になって、秋草の茂った瀬棚《せたな》街道を歩いて行った。

野葡萄を見つけて、争って採って食べたり、また、茸をみやげに探す生徒もいた。一、二年男女組の私たちは担任の女先生の傍から離れてはいけないことになった。

「つまんない」

口をとがらせて、オランダ焼屋の健蔵が言った。健蔵のところで売っているオランダ焼は、軟らかな厚焼の煎餅で、カステラのような味がした。担任の八木あや先生の好物であった。

「健ちゃん、葡萄を採りに行って、ぱったり熊と出合ったら、どうしますか」

冬眠前の支度に羆が暴れまわっていた。

八木先生は健の毬栗頭を撫でながら、私たちのほうを見た。

私は八木先生の顔いろから、自由にシモのところへやってもらえそうもないと思った。昼の弁当を食べおえると一、二年生は昼寝をすることになった。

帰りも歩くことになるので、休息が必要だと八木先生は考えているらしかった。

澄みあがった空に淡い昼の月が出ていた。丘の草原に寝ころんで、シモのことを思いながら、私は名も知らない草を引き抜いては棄てていた。根が深いらしく、指に巻きつけた細い茎に抵抗が伝わってきた。

私たちは討死したように、思い思いのほうを向いて、転がっていた。

「吉っちゃん、ここにいたのね」

草原に膝を落して、私を覗きこむシモのうしろに姉のツルがたっていた。姉がシモを迎えに行ってきてくれたらしい。

「吉っちゃん、逢いたかった」

シモは私が子供だから言えると思ったらしい言葉をかけ、手を取って起きあがらせた。

見ないうちにシモは娘らしくなって、まぶしいようであった。

私はシモに言いたいことが、たくさんあるようであったが、どこから、なにを話すか見当がつかない気持で、押し黙っていた。

「シモちゃん、泊りがけで遊びにおいでよ」

ツルがすすめたが、シモは謎のような含み笑いになってから、考え込むように下を向いた。

私は吉平という名だが、みな、吉っちゃんと呼んでいた。うちでいっしょに暮していたときは、いつも、吉平さんとシモは、改った呼びかたをした。だから、吉っちゃんと声をかけたのは、シモの親しい気持を見せたのだと私は思って、満足していた。数えの八つの秋で、私は助平などという悪口もおぼえ、吉平という名がきらいでたまらなくなっていたから、吉っちゃんでなくて、吉公と呼ばれても、よかったのかもしれない。

シモは私たちとは少し離れたところにいて、運動会の真似事をしたりするのを眺めていた。長いきものをきたせいか、シモはおとなびた感じになったが、いうことは子供らしかった。

「誰にも言わないほうがいいのよ。また、面倒なことがおきますからね」

別れぎわにシモは姉と私に約束させたりした。西陽があたって、シモの歯は、金で縁をつけたように輝いていた。

「達者でさえあれば、また、きっと会えますからね」

私は涙が出そうで、こんな辛い思いをするのも、シモが好きだからにちがいないと考えていた。

店からあがる利益で、どうやら、生活ができたらしい。私のきょうだいは五人だが、上の二人は夭折した。

「手がかかるのは、いつも赤ん坊だから、順繰りに育てたんですね」

と、母が話しているのを聞いたことがあった。乳を飲ませたり、抱いたり、おぶったりする赤ん坊は、親の眼は届くが、他は投げ遣りで、年上のきょうだいの世話になった。

母は店の運営にも、頭を突っ込んで、子供たちの世話を焼いていた。

父は、いつも、店と別枠の事業をしていたが、長続きしなかった。あきっぽいたちでないが、損をしたり、失敗して、新規の仕事をはじめた。

茶屋川の近くで、父が澱粉工場をはじめた。函館本線の八雲は尾張の徳川家が開拓した町で、澱粉製造も大掛りにやっていた。馬鈴薯から採る澱粉は水飴の原料にもなって需要が多いということであった。

父は水車のついた草屋根の古い農家に寝泊りして、澱粉を作っていた。日雇の農婦もいたが、夜は父ひとりになって乾燥室のボイラーに石炭をくべていた。

良質の日本紙をはった木枠の折に、湿った澱粉を拡げて乾燥するのだが、折を重ねて乗せる柵もできていた。

私は小学三年生になっていたから、澱粉工場へ行って、父の手伝をしたいと思った。

「吉平になにができるか、そのうち、探しておくよ」

私の願いをはぐらかして、父は連れて行く気がなさそうであった。

どうしても、工場を見たいと思った私は、学校を早引けして、ひとりで出掛けた。

茶屋川へ着いたら、工場のある場所はわかるはずであった。

シモがいるかもしれないと、私は思ったが、考えるだけでも無駄なことだとあきらめた。

遠足のあとで、姉といっしょにシモのところへ会いに行ったことがあった。

母にだまっていたから、ふたりは秘密で出掛けた。シモが好きだった羊羹を小遣をだしあって買ったりした。

祖母が、ひとり、縁側へ出て、日向ぼこしていた。

「シモはいません」

と、姉にいうだけで、耳が遠いせいか、こちらの質問には、ちっとも答えてくれなかった。

私が姉にお菓子を出したら、教えてくれるかもしれないと言った。

「取引につかうなんて、商人の子は、それだから嫌い」

姉は私を辱かしめるように言い、さあ、帰ろうと頤をしゃくった。

私は悔しくてならなかった。

姉が食べながら、私にもすすめる羊羹霰を、どうしても断っていたが、歩いてきた道の傍に坐って食べていた。

いつもは、金を出しあって買った蒸羊羹などは、正確に物差をあてて切ったりする姉も、袋ごと私へ押しつけて寄こしたりした。

シモを探すことは、あきらめてしまった。

茶屋川の澱粉工場にたどりついたとき、父が馬鈴薯の買いだしに出掛けて留守だった。

女たちが空き樽に入れた薯をゆすって、水を流しながら、砂をおとしていた。
四、五人の女たちに、なにか注文をつけている女は、頭に手拭をかぶって顔を包むようにしていたがシモであった。

私が気づく前に、シモは馬鈴薯を積んだ山をわたって、近寄ってきた。

「まあ、吉っちゃん、よく、来てくれたね」

シモは手拭を取って、上わっぱりの埃を払ってから、

「ここでは、あんまりだから、わたしのうちへ行きましょう」

と言った。

シモを拒絶する反応が、私の心に芽生えた。なんとなく、不潔な気がした。シモのうしろに父が、おぼろげに姿を見せてきた。

「風呂へはいって、さっぱりなさったら」

シモは裸になってから、私の前にしゃがんで、きものの紐を解いてくれた。前がひらかないように私たち子供のきものは紐がついていた。まだ、男にならない私が、豊かに成熟した女の前で、力みかえっているのは喜劇的であった。

「さあ、いっしょにはいりましょう」

こんな世話は、シモがうちにいるときもしてもらい、つい、いままでも、シモといっしょに入浴したいと思っていた。

「おばあちゃん、どうしましたか」

「奥の納戸に寝ています。いつか、吉っちゃん、姉さんといっしょに来てくれたんですってね。あの頃、函館のほうに行っていたの」

シモは首のあたりまで湯につかりながら、手拭で首筋や耳の裏のあたりを洗っていた。シモが、うちにきたときからの癖だった。一日の苦労が洗いおとされるようであった。

「さあ、いらっしゃい。洗ってあげます」

シモの膝は石鹼にまみれて、抱かれている私は洗ってもらいながら、不安定であった。

シモは私の前へ触ってから、

「吉っちゃん、たちあがって、わたしの肩におしっこをかけてごらんよ」

と言った。

シモは左の肩のあたりの窪を、ちょっと手でおさえて、

「このあたりにしてちょうだい」

と頼んだ。

私は手をそえて、位置をきめながら、かたくなった筒先を、シモの指定したところへ向けた。私の小便が、しゅるっとほとばしり、肩のくぼみに当って、顔のほうへも飛び散るようであった。

シモは軽く眼を閉じて、ああ、たまらないと肩のあたりを震わせた。

父の世話になっているらしいシモを、私は小便をかけて、いじめているつもりだった。

私が思っても見なかった、いい気持が、シモの肩にかくされているのが、どう考えてもわからなかった。

私は手桶に湯をくんで、左の肩にかけてやりながら、シモにあやまったりしたら、妙なことになると考えていた。

シモは、銀杏返しの髪を、手拭でおおっていた。きれいな襟足を見せて、シモは立て膝をだきかかえながら、

「おっかさん、わたしのこと恨んでいるでしょうね」

と言ったが、罪の意識はなさそうであった。私の心は、シモを離れていた。母が、あわれに思われてきた。

シモに逢ってから、私は女友達の好みが気むつかしくなってきた。

女友達の多くは、姉の友達で、私が、ぽつんと仲間に入れてもらったに過ぎなかった。私たち同級生のあいだでは、男生徒と女生徒が親しい言葉をかわすこともできなかった。そんな場面が見つかると、みなに言い触され、仲間うちからいじめられた。

シモに気持のうえで別れてから、好きな女生徒にあうと顔が赤くなった。

好きだと誰かに気づかれるかもしれないと思うと、かえって顔が赤くなった。私は、わざと顔を手でたたいて、そのせいにしようとした。

「吉っちゃんがぴしゃぴしゃ顔をたたいたら、その傍に、誰か好きなひとがいる」

そんな噂をひろげる友だちもいたが、放課後の廊下で変な遊びがはやるようになった。

冬山から材木を引きだす馬追いの息子の力松が考えたものであった。

じゃんけんで男女二人の組合わせが決ると、両方がすれちがうとき、きものの前をひろげ、たがいにからだの一部を、さっと触れあう遊びだった。

力松は、なまけ者で、あまり学校へ出ないから、落第が二年続いて、年も多かった。力松に反対するだけの勇気がある生徒もいなかった。

好きだと思われる組は、「あら、やだ」などと口にしながら、からだを寄せあって、肌を触れる、ほんの一瞬に子供らしい色っぽさが流れた。

私たちは、宿直の先生に見とがめられて廊下に立たされたりした。

男女の性器のちがいが微妙にわかりかけて、鶏や犬がつるんでいる状態も、私たち子供の眼をひくようになった。

国縫村の鍛冶屋とは反対の国道はずれの近くに、「いちに」という大きな家があった。山奥から砂金や満俺鉱《マンガン》が送りだされて、積出港として賑っていた頃、「いちに」は酌婦もいる料理屋であったが、さびれてしまったあとは、流しの浪花節や芝居、軽業などの芸人に広間を貸していた。

「いちに」は四角の中に一、二という字を入れた屋号なのだという老人もいたが、家族が死に絶えてしまったから、はっきりしたことは誰も知ってはいなかった。

「いちに」に筑前琵琶が掛るということで村の人たちはたのしみにしていた。

私たちは、小学生なので入場料の割引があった。五銭だった。どちらかといえば、料金は高いほうであった。

西郷南洲の最期をあつかった「城山」が最初で、紙に書いた捲りが舞台の隅に出ていた。

開演の時間がせまって、場内は静まり返っていた。

火事を知らせる半鐘が鳴って、「どこだ」と叫びながら、表へ飛びだす人もいたが、私は茶屋川の、うちの澱粉工場だと思った。表へ出て、坊主山のほうを見ると、空が真赤に燃えていた。

茶屋川は、あのあたりだと私が見当をつけた場所であった。消防組のポンプ車は消防夫が引いたり、押したりして、進むようにできているから、あまり速力は出ないが、国縫から持って行くことになっていた。小さい農村の茶屋川にはポンプが、まだ、なかった。

私は遅れながら、ポンプ車のあとから走り続けた。

母ひとりが留守をしていたから、私は気にかかっていたが、寄らずに火事場へ行くことにした。

澱粉工場へ母がいっしょに行くといえば、私は断る理由はなにもなかった。

火事場にはシモがいるはずで、父といっしょのところを、母に見せたくはなかった。

数えで十一歳になった私が、こんな思いをしたのは、遣りきれないことであった。

ポンプ車が現場に着いたとき、澱粉工場が、すっかり焼け落ちていた。

燃え残りの材木にポンプは、後始末の水をかけていた。

父は私を見たが、すぐにはわからないようであった。

詰めかけた茶屋川村の顔役たちに頭をさげて、これからの手立てを話していた。

「吉平か、あぶないから、気をつけるんだぞ」

シモのほうを指差して、そっちへ行ってろと言った。

水車は、そのままの姿で、けだるそうに廻っていた。傍にシモが茫然と立っていた。

「澱粉が折の底に張った紙の継目からこぼれて、大事になったらしいんです」

やがて母が現れてお詫の宴会になるだろう。シモは、その前に姿を消したらいいのにと私は、ひとり気をもんでいた。

シモは緊張して、引きしまった小さい顔を、闇の中に浮かびあがらせていた。


夏休みになって、従妹の道代が遊びにきた。

分け編みにした髪が、くるりと輪飾になって、ゆさゆさした髪といっしょにうしろで束ねられ、道代の幼い背中をかくすように垂れひろがっていた。無造作に菫色のリボンが頭のてっぺんに結ばれていた。道代は私のひとつ年下で本家の娘だった。

祖母は心労から気が変になり、小樽へ出て専門病院にはいっていたが、通院が可能になって、祖父と孫の道代といっしょに開運町の知りあいの貸家に住んでいた。

道代が三つのとき、踏込みの大きな炉に火箸を持ったまま転げ落ちて、右手を火傷した。足早やに来る冬の季節にはいると、北国では炉に山のように木炭を燃やして、寒さをしのぐのがならわしになっており、手のすいた年寄が囲炉裏を取りまく小さな子を見張っていた。道代の怪我は、ほんの少し、祖母が席をあけたすきにおきた災難だった。炉の中にくべた馬鈴薯がでてきあがるのを、いつも祖母は長い火箸で焼け加減をたしかめるのだが、おしゃまの道代が真似て遣りそこなったのだ。

祖母は泣きさけぶ道代を横抱きにして麥倉《むぎくら》医院へ駆け込んでいた。

「子供のときに小さい傷あとも、成長するにしたがって、ひろがるから、指が引攣るかもしれないな」

患部に油薬をつけて包帯したが、軍医あがりの麥倉医師は、あまり気にしていない様子であった。

「先生、わたしの皮膚を、この孫の手に植えて、なんとか直してもらえないだろうか」

祖母は唇をふるわせて、道代を見詰めながら涙を流した。

「町の設備がいい病院でやったら、直せると思うが、もっと大きくなった、先きのことだな」

医師は気やすめに言っているふうでもなかった。

道代の母は気が転倒して、

「おばあちゃん、返して、……」

と、両手を突きだした。

「貞子、道代はな、傷が、すっかりなおってから渡すさ」

祖母は眼を三角にして、理屈にあわないことを口走って、道代を抱き締めた。

貞子は道代が自分の子でなかったような気がした。貞子は祖母だけでなく家族全体に肚をたてていた。

母の兄で道代の父は事業家肌で、仕事のためには平気で家族を犠牲にした。多額の資金を引きだそうとして、道代の父の多助は、函館末広町に店を持つ肥料問屋の娘といっしょになる計画をたてて、貞子の離婚届を出した。二重結婚という犯罪行為にならないために、貞子を戸籍簿から除くが、家での立場や夫婦関係は、これまで通りで変りがないのだから、気にしないようにと多助は言ったりした。

「道代を連れて、実家へ帰っていようと思います」

貞子は多助の後妻にはいったが、これまでもにがい目にあっていた。貞子は多助と別れるつもりになっていたが、道代を連れだすために、おだやかな言いようをした。

「実家と言っても、叔母のところだろ。気骨が折れるだけじゃあないか」

多助は貞子の立場を知っていて、みじめなところへ追いつめていた。

多助は問屋から娘をやることができないと断られた。花田多助の資力を調べたせいらしかった。

多助は先方から断られると、勝手に離婚届を出した貞子を、元通りに多助の戸籍へ戻して、帳尻があったと思うらしかった。

貞子の実家の叔母の住居は、札幌の植物園に近い素人下宿であった。貞子が生れた栃木県黒磯の実家は父の代で死に絶え、ひとり残された貞子は叔母のところへ引きとられて、札幌の女学校まで行ったが、叔母の素人下宿を手伝っているうち、花田多助と知りあうようになった。貞子の実家は土地の素封家で、父は七代目であった。遺産は金に換えて、銀行預金にしてあるが、叔母は後見人の立場であった。長いあいだ小学校の教師をした叔母は、独身で通してきた。

下宿人は勤人や学生で身元もはっきりしていた。場所が北海道庁の近くなので、道庁に用がある地方の人の手軽な宿屋も兼ねていた。多助が最初に泊ったのは漁業権を手にいれる仕事のためであった。多助の用件は温泉試掘の認可申請とか、水利権の紛争などといろんな方面にまたがっていた。

多助は一ト部屋を専用にして、簞笥や長火鉢、食卓などを買い入れ、打ちあわせの場にした。部屋代は月極めの前払で、札幌へ出掛けたとき以外は、空いているので、留守のうちは貞子に使ってほしいと多助は言ったりした。

多助は貞子よりも二タまわりほど年嵩で、叔母と似たり寄ったりの感じであった。苦労を切り抜けてきた人らしく、物事にこだわらないところが貞子の気にいっていた。

多助は妻と別れて、いまは気儘な暮しだから、仕事に打ちこめると貞子に打ち明けたりした。

「花田さんのおっしゃること、どこまでほんとうかしら」

花田と叔母が結ばれたらと貞子は願うようにもなっていた。

花田が叔母を通じて、貞子へ求婚したとき、簡単に受け入れたのは、どういう気持だったのか、のちになって考えてもわからなかった。……

貞子が多助と別れそうな様子は祖母を不安にした。貞子が花田の家を出ようとしている原因に道代の火傷もあるらしかった。

踏込みの大きな炉が、狂った祖母の目には地獄の大きな釜に見えた。釜の中には油が煮えたぎっていて、恐ろしいのだが、順番が来ているので、祖母は、どうしても裸にならなければならぬと思った。釜のまわりを小走りに逃げまわっているうち、祖母は外へ飛びだしていた。

裸の祖母は表通りから海へ出る道を抜けて、玫瑰《まいかい》が生えた砂丘に出たところで立ちどまった。玫瑰の木の棘で脚から血が流れていたが、祖母は痛みを感じないようであった。

祖母は多助に捉えられ、素直にきものをきせられていた。多助におぶさって、祖母は上機嫌だったが、家にはいるとにわかづくりの座敷牢ができていた。

「多助、お前の遣りそうなことだな。早手まわしに、こんなむごいことをするのは、わたしの生んだ多助をおいて、外に誰もいまいよ」

祖母はエヘンと咳払いをしてから、牢の木枠を思いっきり、ゆさぶった。元結の切れた白髪が祖母の肩に振りかかった。多助を知り抜いているのは、やはり祖母だと貞子が思ったとたん、熱い湯のような涙が噴きこぼれた。

多助は小樽の病院へ祖母を送り出すことにし、札幌の叔母のところへ戻る貞子を、祖母の付添のためだと、村の人たちに話した。

妻の貞子が札幌から小樽へ祖母の見舞に出掛けるはずと多助は決めていた。貞子があまくできた人間だからではなくて、祖母の気に入りなので、そのうち祖父が迎えに行くだろうという多助の計算だった。

函館と国縫は多助の本拠地なので、祖母の入院先きを小樽へ持って行ったのは世間的な信用から考えたことであった。

貞子は道代を連れて、祖母の見舞に行っているうちに、多助とは別れられないと思うようになっていた。道代のためではなかった。仕事に憑かれて飛びまわっている男の魅力を、貞子は、やっと分りかけていた。

祖父母のところから道代が小学校へ通う頃になって、貞子は多助の新らしい仕事先へ出向き、身のまわりの世話を焼いていた。

「いつも旅の空ばかり見ている私たちは、渡鳥のような夫婦なんですね」

貞子は思いをこめて、多助へ言ったりした。

道代は、まだ、汽車に乗っているようだ、と青白い顔をしていた。

「うちのなかが埃だらけだから、座蒲団を敷いてくださいよ」

店に続いた居間は、表からの土埃がはいるので、畳のうえを歩くと足の裏がざらざらした。母が渡した座蒲団を道代は小脇にかかえて、坐るときに使った。

「道代はお母さん似だね。好い娘になったこと」

久し振りに見る姪を、母は立たせて、一トまわりさせながら、都会の娘は垢抜けしていると思っていた。

道代は姉のツルといっしょに離れの十畳間で寝ることになったが、この年の春先までは父の研究室に当てられ、入室厳禁になっていた。

父は澱粉工場を火事で失敗したあと、十畳間に閉じ籠り、大工のような仕事をしていた。鋸や鉋を使う音から、なにか木工品を作っているらしいと思ったが、父に聞いてみる人もなかった。外出するときは、押入に隠し、鍵をかけるので、正体を突きとめることはできなかった。

「おっかちゃん、お父ちゃん、なにをはじめたんでしょ」

「おっかちゃんも、わからない。吉、思いきって聞いてみな」

照れかくしに父は、発明に凝っているふうに見せているが、母は当てにならないと考えていた。

工場の自火は罰金刑で済むことになったが、金を作るために母は無尽の仲間を集めにかかっていた。

「お父ちゃん、この頃、むっと怒ったようにしているんだもの……言葉もかけてはくれないし、……」

家のなかが重苦しくなったのは火事騒ぎのせいばかりではないと私は思っていた。

鍛冶屋の源次から、父が仕事を頼んだと聞かされて、私は直接たずねてみることにした。

「吉平、決して口外しないなら、教えてやるぞ。この発明が特許になったら、大金持になれるんだよ。この考えを誰かに聞かれて、盗まれでもしたら、元も子も無くなってしまう」

父は興奮して、頬をあからめながら、あたりをはばかるように声をおとした。

雪国では輸送手段の車が雪道で空転し、荷車の役をはたすことができないのが現状である。車が空転するのを防ぐために、金輪へ先きの尖った疣状の鋼鉄をはめ込んで、疣状の鋼鉄が雪に次から次と刺って、車の空転を止めるから、荷車が雪道を自由に前進できるという父の考えであった。私は小学四年生だったから、父は図で示したり、わかりやすい言葉で説明した。父の考えを聞いて、私もいっしょに興奮して、「父ちゃん、きっと、うまくいきますよ」と言ったりした。

源次が作っている疣の金輪は、父の発明した重要な部分だが、その点については、なにも気づいていなかった。

雪道を走りまわる荷車が、すべて、父が発明した金輪に取りかえられる日が近いように思われた。特許局に提出する書類や手続は、特許弁理士が扱うことになっていた。

父の発明に欠点があるという指摘が弁理士から出た。先きの尖った金輪の疣に、自然に粉雪が付着して、鈍い形の雪の盛りあがりに変って、疣の働きができなくなるということであった。このような事がおきないためには、絶えず、疣が金輪のなかへ出たりはいったりする自動装置が必要という結論がでた。金輪を空洞にして、その中へ自動装置をはめこむのは、高度の技術を必要とする新らしい発明で、その開発には多くの資金と専門知識がなければならなかった。

夢から醒めて、父は生きる力を失ったらしく、そのまま家へ帰らず、行方不明になった。養子縁組で入婿の父は、郷里の盛岡の近くで、造り酒屋の帳場にすわっているのを見かけたという人もいた。シモが、いっしょかもしれないと私は思ったりした。

道代はツルといっしょに、十畳間へ身のまわりの荷物を運んだりしたが、私の父のことは、なにも言わなかった。

父がいないことは、道代も、薄うす知っているらしかった。

沖から漁船が帰って来る夕方、大きな手籠を持って、魚を買いにゆくのが、私の仕事であった。弟の修平が、いっしょに行くこともあったが、気まぐれの手伝で、責任はなかった。学校を退けると、ランプの火屋《ほや》磨きが待っていた。私たちの手は小さくて、やわらかいから、磨き棒を使わずに、ガラスの火屋のなかへ手を入れ、切れでみがくことができた。

「吉っちゃん、いっしょに連れてって」

魚を買いにゆく私の手籠へ、道代は片手を添えながら、呼びかけた。

「うん」

一つの手籠を、女といっしょに持つなんて、友だちに見られたら、もの笑いにされるだろう。

赤い鼻緒をすげた桐の下駄をはいた道代は、砂地の道を、さくさく音をたてて、足早やに付いてきた。白地に藍模様のゆかたをきて、鼻緒と同じ色の赤い三尺を締めていた。

私の家は、国道沿いに両側へ並んだ町筋の中頃にあって、国道筋とぶっちがいに小学校へ行く道と、その反対の海へ出る道が、私の家の敷地が終ったところから出ていた。

小学校を左手に見て、右折すれば、通りの終りの左側に駅があった。

私の家は万屋だが、筋向いは竹内という呉服店であった。私の家の裏側は庭と蔵があり、蔵のうしろは広い空地で、野菜畑になっていた。野菜畑が終ったあたりから砂丘になるが、そこらあたりには漁師の家が、にぎやかに建っていた。

「ここらの人たちは、すぐ、変なことをいうから、少し、離れたほうがいいよ」

私は手籠から手を放して、あらたまったような、分別くさい顔になっていた。道代は数えの十一だった。

オランダ焼屋の健蔵が、投網を肩にして、鰊粕小屋から出てきた。修繕に出した投網を取りにきたところだった。

「本家の娘で、道代って言うんだ。おらの従妹でね、夏休みで遊びに来たのさ」

「いとこ同士は鴨の味って、いうんだ。いいものらしいぜ」

健蔵は小鼻の近くに皺を寄せて笑った。

「鴨の味って、どういう意味なのさ」

「おれも知らねえ。そう言って、ひやかされたことがあるから、使ってみたまでのことさ」

子供のちんぽを、かもと私たちは言っていたから、くすぐったい気持だった。道代の前で、健蔵は、わざとみだらなことを言ったと私は思った。

道代は、この国縫で生れ、四つまでは、ここで過したが、ふるさとのことは、なに、ひとつ知らないのだ。

波打ち際まで、道代は跣足《はだし》になって歩いて行った。

内浦湾が噴火湾とも呼ばれるのは、遠く右手に見える駒ヶ岳が爆発したせいらしかった。軽石が打寄せられて、砂浜に散乱していた。

「白い煙を、かすかにあげているのが、有珠岳《うすだけ》」

私は左手を指さしながら、道代に教えたりした。

太陽が海へ沈もうとして、空や海を赤く染めていた。

漁船が戻って来て、浜へ集った人たちの手で、陸へロープで引きあげられていた。

獲れた魚のあらかたは、函館の市場へ出荷されるが、村人たちの食卓をにぎわす烏賊や鰈、北寄貝に毛蟹など、安い値で手に入れることができた。

私は熊さんという庄内生れの老人から、昔話を聞かされて育った。元は砂金掘りだったが、私の店で売る樽詰の黒砂糖のかたまりを削りくずす仕事などを手伝って、のんきに暮していた。

国縫川の川上に飛んで来るフリカムイは、翼の片羽根が七里もあるものだから、翼の下になった沢が暗くなったものだと熊さんは見てきたように話してくれた。フリカムイはアイヌの神話にあらわれる鳥で、川向うに住んでいたクッチャリキという生き残りの酋長も、国縫川の上流に、まだ棲んでいるといった。釣った山女と焼酎を交換に来るクッチャリキは、いつも、眼を赤くただれさせていた。

私はフリカムイがいるかもしれないと思っていたから、道代に教えたが、信じないふうであった。

舟のなかで漁師に籠へ入れてもらった魚は、まだ、生きていて、手籠の中であばれたりした。

「あたいも持つわ」

道代は手をだしたが、足もとが狂って、私は歩きにくかった。

一ト月遅れの盆が来れば、鍛冶屋に近い、マンガン蔵の前の空き地で、毎年盆踊がはじまるが、その飾付けに青年団の幹部が寄付金を集めていた。

マンガン蔵は、建ちぐされになって、とうの昔に跡形もなかった。

イギリスのハウル商会が良質のマンガン鉱が出るピリカ鉱山を持っていた。マンガン鉱は、国縫から汽船で積み出された。大きなマンガン蔵が六つあったということである。

「道ちゃん、ここで盆踊をするのさ」

私は広い空地にたって、盆踊の話をしているうちに、ふと思い出していた。

どこから現われたかわからないが、五十人あまりのアイヌが、この広場に祭壇を作って、輪になってまわりながら、踊ったり、歌ったりした。アイヌたちは礼装していたから、シャクシャインの法要があったのかもしれないということになった。

私が、まだ、小学校へはいる前で、景色をぼんやり思いだすようにたよりないが、たしかに自分の目でみた。

寛文九年の夏のさなか、国縫川を隔てて、西上してきたシベチャリの酋長シャクシャインとこれを迎え撃つ松前藩の蠣崎《かきざき》作左衛門が対峙した。松前藩の兵三百名で、これに国縫の金掘り坑夫二百名が加わり、急遽、土塁を築いてアイヌ軍の来襲に備えていた。

八月一日、佐藤権左衛門の百二十名、松前儀左衛門の百五十名、新井田瀬兵衛の百二十名の後続部隊が加わった。

シャクシャインの兵力は二千名だったと言われている。

シャクシャインの軍勢は松前勢の鉄砲二百挺に打ちたてられて浮足だち、シベチャリの砦に後退した。

シャクシャインは、和人に対する最後のアイヌの抵抗を指揮したが、敗れてしまった。

国縫川の河筋は幾度か変ったが、川の近くの共同墓地がある高台から、シャクシャイン軍の動きは丸見えであった。

「盆の墓参りで、古戦場を見おろせるが、内浦湾の眺めも、いちばん、好い場所なのさ」

私は観光客の案内人のような話を道代にしたりした。

夏休みは、ほとんど道代のために使ったようなものだった。

道代に頼まれはしなかったが、相手の喜びそうな遊びを考えたりして、道代がけたけた笑ったりすると、私は満足した。

泳ぎを知らない道代を、国縫川へ連れて行って、私は泳げるように教え込んだ。

川が内浦湾へ注ぎ込む近くの川岸に僅かばかりの粘土があった。

裸になって川へはいり、粘土に水をかけると、ぬるぬるした傾斜面になって、辷《すべ》り台の役割をした。

男の子も女の子も丸裸なので、辷りおりるとき、ぬるぬるして快感があった。

私は道代にすすめてみたが、首を横に振って、誘いに乗ろうともしなかった。

辷り台と同じ要領だから、誰にもできて、人だかりする遊び場になった。

「吉っちゃん、私にも教えて」

道代は、きものをすっぽりぬいで、草原へ置くと私のほうへ駆け寄ってきた。

麦藁細工に使う材料のように、か細いからだつきだが、肌が輝いて、道代は健康そうに見えた。道代は私の前でしゃがみ、

「川へ落ちたとき、しっかり抱いてね」

と言った。道代の前のやわらかい脹《ふくら》みから、桃いろの割れ目がのぞいていた。私は道代が川へもぐり込まないうちに抱きとってやろうと緊張していた。

道代は幾度か辷りおちて、私に抱かれているうちに、水に対する不安が薄らいだらしかった。そこらあたりは川底が浅くて、道代も、ひとりで立つことができたが、私は手を貸して、ばたばたと後脚で泳ぎの練習をさせてやったりした。道代は泳げるようになって、唇が土気色になるほど冷え込み、母に叱られたりした。

「女の子が、からだを冷やすと子供が産めなくなりますよ」

道代は女なのだという実感が母の言葉のうちにあって、私をくらくらさせた。

盆踊には道代も加わって、夜が更けるまで、踊り続けた。白地の平絽に秋の七草を描き散らしたきものをきて、道代は北国の、もう冷たい夜風に吹かれていた。

夏休みは、あと僅かになったが、宿題は手つかずで遊び呆けていた。

私は解答を口で教えながら、道代に、そのまま書きとらせたりした。

弟の修平も、いっしょに見てやることになるから、自分の勉強は、いつも、後まわしになった。

あすは、道代が帰るという夜、三人いっしょに集って、宿題の残りを片づけていた。

習字をした墨の手で、汗をぬぐったらしい修平は、顔のところどころに墨をつけて、畳のうえに眠っていた。

「ああ、つまらない」

道代は祖父母のところへ戻りたくないと言った。

函館の実科女学校へ通った姉のツルは、母に言われて、みやげの品を縫っていた。

「お父っちゃんがいなくても、妙なお返しはできないもの。ツルが縫った帯といえば、おばあさんも喜ぶからね」

ツルは和裁を教えるつもりであったし、帯は男仕立のようだと言われてもいた。

「道代さんを、吉っちゃん、気にいったふうね」

「あの娘も、苦労したらしい。自分の家なんか無いような立場だからね」

母は道代をかあいそうに思っていた。

「あっ、螢が、……」

明けたままの店先から、螢が飛び込んできた。

「道代さん、螢がきれいよ」

ツルは居間のランプの芯をほそめて、奥のほうへ声をかけた。

道代は、ゆっくり返事をして、私のおでこを、ちゅっと吸ってから、出て行った。

「まあ、螢が風に乗って、どこか遠くへ行ってしまうらしい」

母の居間で、道代は涼しげに言っていた。どこかに都会風な飾けがあって、私の心になじまないところもあった。道代の魅力は生地のままを作りなおしたものらしかった。

五分芯を三分芯にかえたランプの暗い明りの下で、私たちは、ねばりっけのない、油臭い飯をたべていた。夕食には煮肴などがつくので、安値で手にはいる南京米のまずさが気になった。

「炊きたては、ぼそぼそしないが、そのかわり臭いのが強く感じられるから、同じことだな。おれは冷たい御飯のほうが好きだ」

弟の修平が言った。

「そのうち、慣れるさ。修平は、おかずよりも御飯が好きだったからね」

母は浮かない顔になって、

「なにしろ、一升十九銭だった小売米が四十一銭七厘になったんだからね。じき五十銭になるという噂だ。大へんな物価高なんだよ。お先き、まっくらさ」

と言いながら、手で額をおさえた。額の両側に桜の形をした頭痛膏がはってあった。

大正七年の米騒動のあとであった。私は数えの十三で小学五年生だった。一升十九銭の小売米が四十一銭七厘になったという母の言葉を、楔を打ち込まれたように、はっきりと私はおぼえてしまった。

弟の修平に手つだわせて、私は村の新聞配達をしていた。父が姿をくらましてから、商いのほうも思わしくなかった。

私の家の筋向いにあった竹内呉服店は子供のいない老夫婦が経営していた。住み込みの若い

店員を置いて、ゆったりと落ちつき払っていた。かなりの資産があるらしく、

「吉平、うちへ貰われないか」

と、よい条件で、私を養子にしようと竹内老人が誘ったりした。ここで「北海タイムス」「函館新聞」「小樽新聞」の販売権を持っていて、若い店員に配らせていた。

「竹内の爺《じじい》、計算高くて、新聞からあがる利益で、店員を一人、雇っているようなものさ」

と陰口をたたく者もあった。竹内は村の顔役で、経済的にも実力があった。竹内老人を「加賀さん」とも言った。北海道のような寄合世帯の植民地では、出身の地名で呼んだりする。養豚業をやっていた「信州さん」、砂金掘りの「庄内さん」などは、生れた国の名が姓の役割をしていた。

三つの新聞の販売権を、ただで私にくれたのは竹内老人の気まぐれではなかった。まだ、小学生の、私の後見人になって、竹内老人は面倒もみてくれた。

「店先きのランプは、できるだけ明るくして置かねば、客足が遠退くから」

と、五分芯のランプを二つ吊って、母は店の品物を照らしたりしたが、売あげは決して伸びなかった。

世界大戦で、一等国にのしあがった日本は成金時代を迎えて、多くの人たちは好景気に酔ったが、それも束の間、物価高に苦しむようになった。商品は生活必需品以外のものは棚ざらしになって投げ売りを待っていた。

集めてきた新聞の購読料のうちから、一時逃れに母が持ちだすこともあった。幾口もはいっている無尽の掛金や質屋の利息などであった。

質屋は村にはなくて、八雲まで汽車で行かなければならない。

「利息が買値の何倍にもなったから、流すのも残念で、……」

母の質草には、なつかしい思い出もあるらしかった。

新聞代を一時借りて、家のために流用するのは私の気のすすまぬことであった。新聞社に対してというよりも竹内老人にすまないと思った。

空が白じらとする頃起きて、駅の荷物係から新聞の包を受けとり、弟といっしょに新聞を折りたたんで小脇にかかえ、配達先に届けてから、あわただしく朝食をとった。竹内老人が私たち兄弟で新聞を折りたたむのを満足げに眺めたりすることもあった。弟は村の国道沿いをまわり、私は村外れで残った遠いところや坊主山の麓の人夫長屋へ配った。

そのころ駅には貨物列車がはいっていて、車輛のあいだをくぐって、私が向うホームへ飛びあがるとたんに、がたんと列車が動きだしたりした。踏切をまわると駅の向う側に孤立する高木という新建ちの家から遠ざかり、学校の始業時間に遅れる心配があって、私はいつも危険をおかした。

姉のツルは頼まれた針仕事をしていたが、駐在所の若い巡査に結婚を申し込まれて、ぷりぷり肚をたて、

「わたしを幾つと思ったのでしょう。まだ、十五なのに、変な、おまわりさん」

と言ったりした。

母も、姉も、私や弟も働いていたから、食べるに困るはずはなかったが、旧くからの利息がついた借金で、苦しめられているのだった。

「○オクラネバ　シントメル」という電報が新聞社からきて、「○オクルシントメルナ」という返電を私が打ったりした。

「函館新聞」は、いちばん部数が多かったから、送る金を流用する場合も多かった。

どうしても無尽をおとさなければならないときは、私が行くことにしていた。

金が急しくなって、無尽をおとす人もふえていた。入札のなかで、金高が最低のものに落ちるのだが、それだけ高い金を使うことになる。

新聞で稼いだ金がいちばん多い収入で、あらかた米代になってしまうと母はいっていたが、その他に新聞代を一時流用して別の借金をうまく操作することもできた。このあぶない綱渡りは母の役であった。

無尽をおとすために私は学校を早引したりした。

新聞代は、いつも、為替に組んで書留にするが、私はおとなっぽい詫状を書いて、いつも、同封した。

「お前たちのお父ちゃんが帰ってきても、家には決していれないからね。みんなで力をあわせたら、生きてゆくことができるはずだよ」

話しているうちに母は涙声になり、つられて、わたしたち子供も泣いた。十畳間に残された発明の模型が、間の抜けた感じに投げだされていた。

私は泣いていてもしようがないと、そのときから父の身代りになった。急に子供らしいところが消えてしまった。

「きょうは、まだ、学校が終らないだろ。どうした。吉っちゃん」

畑中のおばんつぁんが、無尽の集りに出た私に声をかけた。

「どうしても、無尽をおとして、新聞社へ送らないと新聞がとめられてしまうので、……」

話しているうちに、私は目先が暗くなり、声もでなくなった。

部屋の真ん中に置いた丸い塗盆に入札が四、五枚はいっていた。

畑中のおばんつぁんは、仙台の出で、請負師の女房だった。頭の禿げあがった畑中老人は、大きな工事などを引き受ける場合が多く、長いあいだ家をあけたりした。「おばんつぁん」は、かなりの年齢らしいが、たっぷりした髪の毛も黒く、顔の肌も、しっとりとして皺も目だたなかった。お歯黒で、いつも歯を黒く染めていた。おばんつぁんは、儲かる無尽にはいって、あちこちに顔を出していた。

「どうかね、みなの衆、わたしの提案に乗ってくれまいか。きょう、無尽をおとす人たちは、金が必要に決ってはいるが、この中で、当るのは、たったの一人だものな。吉っちゃんみたいな小さな子とあらそっても、はじまるまい。いちばん低い札に、ほんの少し色をつけるだけで、きょうのところは吉っちゃんに金をまわしてもらえないだろうか」

畑中のおばんつぁんは、私の苦しい気持を見抜いたように述べてくれた。

私は、まだ、札を入れていなかった。どうしても、落すつもりで、私は母と最低線の金額も決めてきていた。半分をどぶに棄てるような、ばかげた低い値であった。

集った人たちは、判断にとまどったらしく、しずまりかえった。

「さあ、どうしますか。畑中さんの提案がだめなら、花田さんに入札してもらいます」

講元の春木が、ひとわたり、眺めまわした。

「花田さんか。この、ちっこい吉っちゃんが、……」

おばんつぁんが、しめった声で言ったとき、私は硯を引き寄せて、金高を書くことにした。

「吉っちゃんにゆずってやりなさいよ」

と言う誰かの声がして、それに同調してゆく声が重なりあった。私は、涙で眼がぼっとしてなにも見えなくなった。金の始末がついたあとは、飲み食いのことになるが、私は中座した。

無尽の集りは、ほとんどが年輩の女の人で、酒を飲んだあとはみだらな話になりがちであった。

従妹の道代が夏休みに来るだろうと心待ちにしているうちに、胡頽子《ぐみ》の実が色づき、赤黒く見えるほど熟してしまった。胡頽子は垣根代りに植えているので、誰でも盗ることができた。

胡頽子には渋みがあって、多く食べると舌が莫迦になる。木にのぼって、胡頽子をもぎながら食べたのが忘れられないと、道代の、いつかの手紙に書いてあった。

私は道代のために、胡頽子の番をして護って来たが、この夏は道代が来ないようであった。道代のほうから、夏休みには行きますと書いて来なかったし、私のほうも、ことしは誰にも来てもらいたくない暮しぶりであった。

私は弟といっしょに新聞を配達して、家のために働いている始末だから、道代の遊び相手も思うにまかせない。

オランダ焼屋の健ちゃん、同級生の女友だちのマサ、マサの弟の勝などを呼んで、私の弟といっしょに胡頽子の実をもぐことにした。

胡頽子の実をもげば、道代が、この夏来ないことに決ってしまうようで、私は少し不機嫌になっていた。

みな、小さな笊を手に、胡頽子の実の柄をつけて採ることになっていた。柄をつけない実は、果汁が出て、べとべとする。採った実は大きな笊に集め、あとで均等に分けることになっていた。

私たちはパンツなどははかないから、脚をひらくと股間がまる見えになった。

木の枝振りの加減で、自然に腹から下が出たりしても、子供たちは平気であった。

弟の修平は、仲間にはいらずに自分だけで胡頽子の実を採ると言った。

指を櫛のようにして、修平は胡頽子の実を、ばらばらと小さな笊のなかに落していたが、じきに山盛りになってしまった。

木の根のところに大きな笊を置いてあるが、これは仲間のものだから、修平は自分の笊をのぼった木の根もとに立てかけ、古新聞をくぼめて、その中へ胡頽子の実を落していた。柄のつかない実は、新聞紙を赤く濡らして、しみひろがってゆくのが、私のほうからも見えた。

「修平、そんなもぎ方はやめろ。そら、新聞紙が濡れているぞ。破れたら、どうするんだ」

私は、ちんぽこを出して、顔をあからめながら、のぼせたように、実をもいでいる弟に声をかけた。

私の仲間たちは、実は落ちるに決っているから、そのときは、みんなではやしたてて、修平を笑うつもりか、意地悪い顔付きであった。

私は弟が可哀そうに思えて、誰にともなく肚をたてていた。

「やめないか、修平」

私の怒鳴る高い声が修平に届いたらしく、ちらっとこちらを見たとたん、幾枚か重ねた新聞紙も、重みに耐えかねたらしく、胡頽子の実はだんごのようにひと塊になって、こぼれ落ちた。

弟は枝に倚りかかったまま、泣きじゃくった。

「いうことをきかないから、ひどい目にあったのさ。いい気味。あぶないから、早く、木からおりなさいよ」

マサは私が気にいるだろうと修平に憎まれ口をたたいた。

修平は、みなが見ていたら、そのまま木の上で泣き続けることをやめないだろう。

私は、いつも、弟の強情になやまされていたが、しようがない奴だという思いもあった。

「さあ、みな、うちの縁側へ行って、あそこで胡頽子の実を分けようよ」

私は修平の見えないところへ早く行きたくなっていた。

弟の奴、道代が来ないので、くしゃくしゃしているのかと私は思ったりした。

弟がのぼっている胡頽子の木に、去年の夏は道代が太い枝に背をもたせかけて、胡頽子の実をもぎとっては食べていたのだった。

「おれは、この木だ」

修平は猿のように慣れた感じで、この木にのぼったことから、みんなと仲たがいした。

胡頽子の木には大きいのや小さいのがあり、また、実のつきかたも、多かったり、少なかったりする。遊び仲間は、じゃんけんで、自分の木をきめたいと言いあっていた。

修平は、裏切ったから仲間はずれにされたが、道代の木を、誰にも渡したくなかったのだろう。

修平も、道代が好きらしかった。

母が父に出す手紙の封筒に、いつも、私が父が書いてきた、知らない男の名を宛名に書き、差出人も私の名を使った。

「吉、ちょっと」

母は私を呼びだして、こっそり、厚ぼったい封書を手渡した。炊事場の汚水の流れ出る樋が下水の木管と結合する裏口のあたりで、湿った土から帚草などが生えていた。ごみ棄て場が山のように高くなり、饐えた臭いがただよっていた。

母は台所のぬしのようなものだから、最初に、ここで父宛の手紙を私に頼んでから、いつも、同じ場所になった。

「これ、お父ちゃんに出してくれ」

顔をあからめて、母は、まともに私のほうを見ないようにした。姉には頼みにくいらしい。私は、誰にも話してはならないと思っていた。

道代に葉書でも出したいと考えることがあって、私はそう思っただけで、母が父宛の手紙を頼むときのように顔があからんで、ほてってきた。

母の手紙は用事ではないらしく、父から返事がなかった。母は淋しい気持でも書いて、自分のなぐさめにしているかとも私は考えてみたりした。

竹内老人は「実業之日本」という雑誌を取っていた。東京の発売元から直接送ってきた。「実業之日本」は、商売に関係のある人たちが購読する雑誌と思ったが、私は月遅れになってから貸してもらっていた。いろんな為めになることが出ていて、この中にブラジル行きの移民の現状や手続の書き方などの特集もあった。

太平洋を移民船で渡って、ブラジルのサントスという港へ着くまでの記事が、地図といっしょに掲載されていた。

友だちを集めて、ブラジルへの移民の物語を受け売りしているうちに、私が移民の一人になって、近いうちに出掛けるような錯覚におちいってしまった。数えで十三の私が、徴兵検査をおえた青年のような気分になり、遊び仲間の小学生も調子をあわせて、移民団の若者になった。

馬追の力松は、妹の美知子を私のところへ突然差し向けたりした。

「なんで来たの、用もないのに」

小学三年生になった美知子は、腰上げを大きく取ったニコニコ絣をきて、藁草履をはいていた。働きやすいように、きものから脛が出ていた。秘密の相談は、裏庭のうしろにある私のところの蔵が当てられていた。

秘密というのはブラジル移民のことだから、私は蔵の中へ美知子を案内した。

蔵の二階には梯子であがるようになっているが、固定していないので、秘密の相談のときは梯子を二階へ引きあげた。

窓から陽が射し込んで、二階は明るいが、大戸を閉めた蔵の中は、薄ぼんやりしている。

「あんちゃんが吉平さんの好きなようにしてもらえって言って寄こしました。遠いところへ行くそうですね」

美知子は、兄の力松に言いつけられたことが、はっきり分っていないにちがいなかった。

私は坐ったまま、美知子を抱いて、いっしょに横になった。

「背《せ》てば三尺で、ぶち割れ八寸だ」

漁師の若者が浜で働きながら、濁声《だみごえ》を張りあげて、通りがかりの娘をからかったりしたが、ぶち割れとは、あれかと思いつくことはできた。私は美知子のきものの前をひろげ、指先で、そっと突っついてみたり、固くなった私のちんぽを押しつけたりしたが、どうにもならなかった。いい気持はした。

ごみだめで見つけた何かの実生を、私は罐詰の空罐に植えて、美知子に持たせてやった。ブラジル移民ごっこは、子供たちの雑魚寝にかわったが、これは蔵の中での秘密な遊びの延長であった。

道代が近くにいたら、雑魚寝の相手になるかもしれないと考えたり、女友だちと寝ながら、道代にすまないことをしてしまったと悔いたりした。

精神的な悩みで、肉体的には無傷なものであったが、性の若い芽が萌えでたばかりの私の心は、おびえ、ふるえた。

教室でも、異性のことに気をとられて、ぼんやりしていることもあった。

イタリヤコンマオテネと書いた紙きれを、私の目の前に差しだしたオランダ焼屋の健蔵が、

「これ、わかるかい」

と、のぼせたような、にごった笑みを浮かべた。

「アイヌ語かな」

私は深く考えずに答えて、健蔵から逆さに読んでみろよと教えられたりした。たわいのない言葉のいたずらがひろまって、女の子をからかい、私たち男の子は廊下に立たされたりした。

男と女の差の、からだの凹凸以外のものが気になる年頃に私たちは差しかかっていた。通り過ぎたあとに、ほんのりと匂いが残る女の子は、松野育子と言った。小学六年生で、運送屋の娘だった。

「舶来の、いいシャボンを使っているから、その匂いでしょうよ」

姉はシャボンのせいにしたが、私はしっとりした、青みのさした白い肌から薫って来ると思っていた。

町から転任してきた育子の親は、担任の訓導を家庭教師がわりにして、女学校の入学試験の準備をしていた。

松野育子は函館の高等女学校が志望校であった。

「育子は平田先生の嫁になるんだとさ」

どこからか姉が聞いてきた。

「女学校を出てからというから、余程先きのことだわ。平田先生の気をひいて、熱心に育子を教えてもらうための、親たちの魂胆だとか、……平田先生は、師範出の若い独り者だから、人気があるのね」

姉のツルは平田先生が好きらしい。裁縫用のぶつぶつ穴のあいた皿のついた真鍮の指抜を、姉は指からはずしたり、はめたりした。

育子のからだの匂いは、赤ん坊の汗疹や爛れをふせぐパウダアを使っているためだった。風呂からあがって、母に粉をはたきつけて貰っている育子の姿が、無邪気なものに思われてきた。育子の肌が、まだ、赤ん坊じみているようで、そんな娘を、私は好きになっていた。

「姉ちゃん、平田先生とのことは、誰かの焼餅だ。ちっとも心配しなくていいよ」

私は妙に自信があった。

「そんなこと、なんの関係もないさ」

姉は函館の実科女学校で和裁をおぼえてきた。村の仕事は、たいてい姉のところへまわってきたが、まだ、一人前の腕ではなく、仕立て料も安かった。

父の事業が順調なら、町へ出て、りっぱな師匠につくつもりだった。

私は姉に頼まれて、糸の束を糸巻にまきとる手伝をして、開いた両手で糸の輪を支えたりした。疲れると、腕がさがってくるので、姉に叱られしかられして、やっと糸巻が終るのであった。向いあっているので、まともに姉の顔を見ることになるが、幅の広い眉は、途中で切れたようになっていて、ものたりない感じをあたえた。父が家出してから、姉の気性ははげしくなった。そのせいか、顔の輪郭が引きしまってきた。耐えた哀しみが、ぼやけた眉のほうへ逃げ込んだ感じだった。

「シモが赤ん坊を抱いて、あやしている夢をみたのさ」

姉は声を落して、口早やに言った。

「お父ちゃんのとこにいるのかな」

「そんなこと、わかるもんか。なるようになるさ」

小学校を出たら、国縫駅の駅員になろうと私は思っていた。制服も支給されるし、家族パスも出るはずであった。母に旅をさせてやりたいと考えてもいた。

函館、熱郛《ねっぷ》間の全線が開通したのは明治三十六年の十一月三日であった。国縫に停車場ができたのはこの前月のことであった。

急性筋炎で父の臀部がはれあがり、化膿したが、手術のできる医師が近くにいなかった。函館病院に入院して手術を受ければ、いのちが助かるかもしれないと村医の麥倉が言った。函館本線が開通した日に、国縫駅の最初の乗客は、戸板に乗せられた重態の父と付き添いの母を中心にした一群れであった。手術のために、尻が三つの部分から成りたっているように仕あがったが、父は丈夫になった。母が函館へ汽車で行ったのは、この一回だけで、あとは八雲へ質の利息を届けに出掛けるときだけであった。物見遊山のための汽車利用ではなかった。

「お母ちゃん、学校を出たら、国縫停車場の駅夫になって、青山のお母ちゃんみたいに、ただで汽車に乗せてやるからね」

青山の家は子沢山で、いつも生活は苦しかったが、男の子ばかりだったので、次ぎ次ぎと停車場に勤めさせ、新しく二階家を建てて村人から羨やまれていた。

うん、うん、と私に返事をしながら、母は、たのしそうでもなかった。

夜の九時半過ぎに、最後の下りの貨物列車が通った。私の家は、駅から離れているが、地響がかすかに伝わってきて、無理に男との間をさかれた女の泣き声のような、長く、引っぱった汽笛の音が流れてきた。

私は店を閉め、男の役だという家中の戸締をしてから、寝床へはいった。

朝早く、私は起きだして、駅留の新聞包を受けとりに行こうと店先の土間へおりた。

メリケン袋を繋ぎあわせた、自家製のカーテンが、入口のところで、少し明いていた。メリケン袋に染め出した英語が緑と朱で、色あせた模様になっていた。

誰か忍び込んだ気配があった。

入口の戸の錠は掛かっていた。

土間の片隅に、とぐろを巻いたように糞にまみれた褌があった。泥棒は忍び込む前に、ゆっくりと大便をして気をおちつけるものだと砂金掘りの熊さんから聞いていた。

気がつくと、まだ、母は起きていなかった。これは珍しいことであった。

なにかがあったかも知れないと私はあたりを見まわした。

土間に男ものの桐下駄があった。

「お父ちゃん、戻ってきたかもしれない」

私は力をこめて硝子戸をあけると、外へ駆けだしていた。

夜中に、こっそり家へ辿りついた父は、一ト駅向うの黒岩で降りたらしい。

母の手料理で満腹したらしいが、ぐっすり寝込んで父が眼をさましたとき、はばかりが間にあわなかったのだろう。

いっしょに寝ていた母は、汚れた褌を土間の隅に置いて、そのまま眠ってしまったらしい。

私は久しぶりの父に逢うよりも、なまぐさい感じの母を見るほうが、はずかしい気になっていた。


父親が家へ戻って来て、私たちは明るい気持になったが、暮し向きのほうは苦しさを増したようであった。父のゆくえがわからないので貸金の取りたてを猶予してくれていた債権者も急に押し寄せてきたりした。

「吉っちゃん、シモが赤ん坊抱いてるの、見た人がいるそうよ」

姉のツルが私に言った。赤ん坊は私の父の子だと思った。私が父の子で、赤ん坊も父の子なら、私と赤ん坊は、どういう関係になるか、厄介なことがおきたという考えに私は捉えられた。

「そんなこと、誰から聞いた？」

「言えないよ。そのうち、吉っちゃんにも、誰かが話すでしょうよ。いやだなあ、シモがおっかさんになったりして、……やなこった、考えただけで、目先きが、まっくらになるよ。わたしたちの家は、こわれてしまったんだよ。どうしようもない。姉ちゃんは、自分で働いて、自分で生きてゆこうと思うよ。うちのなか、きたないような気がして、早く、どっかへ行ってしまいたい」

前髪のほつれ毛を、姉が指先きにからんで引っぱったりしながら、函館で名のとおった遠藤という仕立屋へ住み込むつもりだと私に言った。

「そんなら、姉ちゃん、伯父さんとこの出張所に置いてもらえばいいさ。住み込んだら最後、拭き掃除から台所仕事、それに使い走りもしなければならないし、きものを縫うどころの話じゃなくなるよ。なんなら、おれが伯父さんに頼んでもいい」

花田多助の函館出張所は北浜町にあった。仕舞屋風な構えだが、階下の仕切られた棚には商品がぎっしり詰っていた。

国縫あたりで獲れた魚介類を、多助は取引先の問屋を通じて市場へ出していたが、買い叩かれて損をする場合が多かった。鮮魚などはやむを得ないが、干物にしたものは北浜町の店に寝かせて置いて品不足をねらうことにした。留守番の夫婦者を雇っても、十分な儲があった。

二階の部屋は、ふだん空いていて、多助が商用で出向いたときの宿屋がわりにしていた。人手でも物でも無駄なく使うのが多助の遣り口で、ツルが、その眼鏡にかなったらしい。多助が函館へ出向いたときは、食べものを作るとツルが申し出たことも、気にいった模様だった。

「まじめにやってくれたら、小遣銭ぐらいは出すよ」

口先のうまい伯父のことだから、ツルは小遣銭など当てにしなかったが、ていねいに頭をさげて、神妙にしていた。

小学校の卒業が近いころ、ツルのところから函館商船学校の入学案内が送られてきた。私が移民になってブラジルへ行きたいという夢のなかには船員志望のこともあった。

甲種の船長は戦時下では海軍中佐の待遇だとか、練習生は外国航路の汽船に乗込むなどということも魅力だったが、船長になれば月給が三百円だということで、私を商船学校に釘づけにした。

受験資格は高等小学卒か、これと同程度というのが気になったが、私は短期間に、その学力をつける自信はあった。特待生や給費生の制度もあった。

東京と神戸の高等商船学校は中学を卒業してはいるから別格だが、普通の商船学校のうちでは、函館商船学校と鳥羽商船学校が古い校歴を誇る名門校であるなどと入学案内に出ていた。函館商船学校は庁立で、北海道庁が経営しているのだから、誇大な広告はおかしいと思ったが、応募者が少ないせいかも知れないと私は考えたりした。

長万部の高等小学を出て、国縫駅の駅員に採用されるぐらいが関の山と思っていた私は、当落は問題外にして、函館商船学校を受験することにした。

長万部の高等小学は汽車で通学することになるので、村の新聞配達も無理と思われた。修平ひとりでは、どうにもならなかった。

「修平、新聞は竹内のじさまにお返しするか。長いあいだ、助けてもらったのだから、いっしょにお礼に行こう。お父ちゃんとは別に」

口減しのためにも、函館商船学校へはいろうと私は思っていた。特待生になれなくても給費生にはなるつもりだった。

伯父に頼んで、姉といっしょに私も北浜町の二階に置いてもらうことになった。

「吉平は浪花節《なにわぶし》がうまいそうだな。誰かの弟子になって、浪花節語りになったらどうだ。当れば儲かって、風呂屋のような、でっかい家に住めるぞ」

伯父は、まじめに私にすすめたりした。竹内呉服店には、ぴかぴか光る朝顔形のラッパを付けた蓄音機があって、東家楽遊《あずまやらくゆう》の「生首ノ正太郎」と吉田奈良丸の「南部坂雪の別れ」を、表へ向けて流していた。浪花節は、この二枚だけだが、竹内老人が好きで、繰返し掛けていた。筋向いの私の家にも浪花節が聞えてきた。私は、いつの間にか覚えてしまい、言われると人前で真似たりした。

「疲れて、溝にきいきいと筋がはいったレコードよりも、吉っちゃんのほうが、余程いい」

おだてられて、空咳をしたりしたが、私は商人の伜らしく、相手に対して勤めてもいた。

伯父に浪花節語りになれといわれたことが不満で、私は将来の希望も、これまで打ち明けて相談してみようとはしなかった。

「大きな船の船長になるのはいいことだ」

世のなかが金に見える伯父は私と同じように三百円の月給が気にいったらしかった。

合格者が発表される日、私は、あまり自信はなかったが見に行った。教務課に近い中庭の壁に、墨で巻紙に書いた合格者の名前が並んで貼りだされていた。航海科と機関科の二つに分れていたが、航海科の終りのところに補欠入学で花田吉平の名が出ていた。補欠の新入生は私ひとりであった。

教練のときの喇叭《らっぱ》手らしい生徒が、喇叭を吹き鳴しながら、中庭を並足で歩きつづけていた。檻の中を歩きまわる獣のように、中庭いっぱい利用して四角に歩いていた。

私だけが補欠なのは、年齢が若く、潜りの入学という扱いらしい。やっと合格できた私は、ほっとしたが、そのために必要な当座の金が心配になっていた。

教科書は十五円ぐらいかかるが、私は誰かの使い古しをゆずりうけることにした。

陸上帆船のマストのうえで作業していた上級生に、私は下から声をかけてみた。

「ゆずってもいいよ。一年前に使ったものだから、そのまま通用するはずだ。ただであげてもいいが、それでは君がこまるだろう。一円二十銭もらうか」

二十銭のところで笑い声になった上級生は、白い、ごりごりした布地のセーラー服にラッパズボン、ジャックナイフを下げた革のバンドを締めていた。近くの寄宿舎にいるので、いっしょに来たら、教科書を渡すと言った。書き込みのある教科書の裏に、航海科一年、星野睦雄と書いてあった。

「星野さんとおっしゃるんですか」

「ああ、そうだ」

「よろしくお願いします」

「君は、なんていうの」

「花田吉平です」

星野は、卒業生からゆずられた古い制帽があると言って、かぶっていた帽子を私に呉れた。帽子のぐるりに黒い毛で織った切れを巻きつけて、その上から金モールの錨の徽章が縫いつけてあった。

「新しい帽子で、すぐ新入生とわかるから、莫迦にされてつまらないよ」

もらった帽子のてっぺんに、星野が、わざと作ったらしい鉤裂が、不器用に繕われていた。この帽子をかぶっていたことから、私は最上級生の模範的な鉄拳制裁を全校生の前で受けたりした。私は溢れ出る鼻血を手でぬぐいながら、ただで手に入れた帽子のせいなら仕方ないことだと思いあきらめていた。

新入生の柔道紅白試合に間にあわせて、私の姉は柔道着を作ってくれた。柔道着は半襦袢のように仕立てたものを太い木綿糸で刺したものだが、私の観察が甘くて間違えてしまった。木綿糸で刺してから、短い襦袢のように縫った私の柔道着は、試合の途中で袖がちぎれたり、背中の縫目がほころんで、相手の業が通じなくなったりした。私と山口という体の小さい同士が引分けになったため、僅少の差で私たちの組が勝った。

「殊勲者は花田だ。はっきり言えば花田の柔道着が、勝運に乗せたのだ」

誰からともなく、そんな冷かしの声が聞えたりした。私は泣きたいほどの恥かしい思いで顔をあげることもできなかった。貧しさには莫迦げた笑いが付きまとい勝ちだが、私は、いつも笑われる側にいた。

退役の海軍特務大尉が教官で指導する実習ではギングやカッターという大型ボートを漕がされたり、陸上帆船の強風に揺れるマストの上で手旗信号をしたり、また、ロープの色んな結び方を教わったりした。特務大尉は水兵から叩きあげた数少い昇進者で、神さまのような存在らしかった。

水泳ののちにボートを漕いで、掌の皮がむけ、力いっぱいオールを引くことができずに教官からどなられたりした。私は、まだ、からだが子供なので、腰をおろしたままで、手にオールを取ると、先端が海面から離れて宙に浮く。私だけは立ったまま漕いでもいいことになった。

谷田正吉は劇しい運動をすれば、すぐに顔色がわるくなって、脂汗を流した。内臓に故障があるらしいが、見学しているように教官に言われても、倒れるまで続けた。

高等小学を終えているのに小柄な山口、谷田と私の三人は、いつも、実習では教官に叱られたが、学課のほうでは、成績をあげていた。

谷田正吉は小説などを私に貸してくれたり、母からだと言って、烏賊の粕漬を届けたりした。谷田の弁当にはいっている烏賊の粕漬を、私がうらやましそうに見ていたのちのことであった。

商船学校は生活が楽でない家の子弟が集っていたから、私は、あまり気苦労がなかった。谷田は、同級生のなかで富裕なほうであった。

「花田君は姉さんといっしょでうらやましいよ。僕は、ひとりっ子だからね。うちへ帰っても、さびしいんだ。母は死んだ父との約束をまもって商船学校へいれたものの、僕が船乗りになることは不賛成なんだ。父は外国航路の貨物船に乗っていたから、たまにうちへ帰ってくるぐらいでね。母といっしょに横浜や神戸へ出掛けて、父と会って、そのまま、別れるなんてことも普通だったし、……」

谷田の記憶に残っている最初の父の出迎えは神戸入港のときだった。湊川神社にお参りして、瓦煎餅などを買ってもらった。谷田の手を両方から引いてくれる両親の顔を、まぶしいような気持で、谷田がかわるがわる覗き込むと急に母は泣き出していた。石段をのぼっていた途中のことであった。

「この石段をのぼったところにあるホテルへ泊ったが、それが、どこだったのか、母に聞けばわかるんだが、だまっているのさ。こんなことって誰にもあるだろ」

親子そろって暮していないことが谷田の母を悲しませたのだろう。

「うん、わかるよ」

私は相槌を打ちながら、「港、港に女あり」という、気のきいたふうな言葉を思い出していた。

函館山の麓の公園で、ドック会社の職工と私たちの上級生が喧嘩するのは夜桜の頃であった。これは年中行事で、学校側でも、半ば公認らしく、雨天体操場の壁に檄文がはりだされてもいた。

二年以上は全員参加で、理由なしに無届で休んだ者は、喧嘩の終ったのち制裁を受けることになっている。鉄拳制裁は学校当局から黙認されていた。

私たち新入生は喧嘩を見学して、翌年からの心構えを養うことになっていた。

「貴様たちも喧嘩に行くか」

老いた特務大尉あがりの教官は、喧嘩の道具の作り方を指導した。二尺あまりに切った太い綱の頭部をダイヤモンド結びにしたものであった。

両手で握った綱を振りまわし、ダイヤモンド結びで相手を殴りたおすことができるはずであった。

函館公園の夜桜見物の賑いを余所に、ほうずき提灯の光が届かない暗がりで、私たちは手に太い綱を持ち、折敷の構えで待機していた。

商船学校の側は制服制帽で、腰にジャックナイフをさげ、ダイヤモンド結びの綱でドック会社の職工と、たがいに激しく渡りあっていた。

私たちは、かちかち歯を鳴らしながら、暗い闇をすかして、乱闘を見学していた。

喧嘩をしている連中は、夢中だから、少しぐらいの傷は気づかない様子であった。

ドック会社の誰かが、手作りの長い刃物で相手を突き刺したらしく、「気をつけろ」とか「こっちも、ジャックナイフで行くか」と、どなったりしていた。

どうせ、いのちのやりとりにはならない暗黙の諒解が、函館ドック会社側にも、こちら側にもあって、年中行事になったのだろう。

少し、はみだすと血をみることがあっても、知れたものだという考えが私のどこかにあった。

夜桜の喧嘩に出なかった宮下という上級生が、鉄拳制裁で鼓膜を破られ、資格試験で体格検査がとおらないかもしれないということのほうが、私の気がかりであった。

「乱暴が顔をきかすのも、荒れ狂う自然との戦を覚悟させるためでしょう。家庭などという甘い考えは船乗りにはないですからね」

谷田は幼時の記憶をたどるらしい、暗い表情になっていた。

留守番の夫婦には八重という娘がいた。銀の鎖になった輪を指にはめていて、鎖には平打のハート形の飾が、ひらひらしていた。

「踊を習っているの」

ツルを「二階のお姉さん」と八重は呼んでいた。踊に使う扇子をひろげてツルに見せたりした。

「日本画の、偉い先生が書いたんですって」

膝のうえの扇子には、松の絵が緑の濃淡でいっぱいに描かれてあった。

ツルを「二階のお姉さん」と呼ぶように、八重は私のことを「二階のお兄ちゃん」と言った。姉が仕立屋から戻らないうちに八重が二階へあがって来るようになったのは、宿題を私に教えてもらうためだった。

「二階のお兄ちゃん」と、私を呼ぶとき、眼の中から光りものが出るはずだから、じっと見ていてちょうだいと八重は言ったりした。黒目勝ちの眼をおさえるように八重は瞼を閉じ加減にすると、色っぽい感じになった。

「光りものなんか、出ないよ」

私は乾いたような声で八重に言った。

「そうかしら。お友だち、みんな、そう言うのよ」

八重の、つぶった上瞼は、ちりちりと神経質にふるえていた。

「二階のお兄ちゃん、宿題のノートを持ってきてもいいでしょ」

私は八重の勉強の相手をしながら、姉の帰りを待つようになった。

八重に誘われて、姉と私が夜店へ出掛けるのが癖になった。

縁日でもないのに、毎晩、近くに夜店がたった。遅い春が北国にもやってきて、一度に花が咲きだす五月頃から、浮れて歩きまわる人たちを相手にいろんな夜店が通りに並んだ。瓦斯《ガス》燈のアセチレンの、つんと鼻にささる臭いが、慣れるにしたがって、私は好きになり、都会の小さな秘密を見つけたような気がした。

外燈が伸びて、やっと淡い光をおくるような場所で演歌師が流行歌の本を売っていた。バイオリンを弾いて、演歌師が歌う声にあわせ、輪になって取り巻いた人たちが、いっしょに流行歌を歌っていた。

前垂れ掛けの女中や白衣をきた看護婦なども、手にした本をひらいて歌詞をたどりながら、無心に歌っていた。

演歌師の相棒が、学生帽を持って廻ると、小銭を投げ込んだり、薄っぺらな本を聴衆が買ったりした。演歌師は学生くずれのような格好で、ぴしゃんと前をつぶして角帽をかぶり、木綿の紋付き羽織に、厚い朴歯の頑丈な足駄をはいていた。

八重は「さすらひの歌」が好きらしく、演歌師にあわせて「行こか、戻ろか、オロラの下を、……」と、ふるえ声で歌った。

「八重ちゃん、あぶなっかしいところがある」

私の姉は口に出したが、相手には、なにも言わなかった。

姫鏡台の前に八重をすわらせて、私の姉は髪を結ってやったりした。

私が八重にひかれているらしいのを、姉は警戒している感じであった。

千代ヶ岱《ちよがたい》に踊の仲間といっしょに遠足に出掛けた八重は、鈴蘭の花を摘んできた。コップに挿した鈴蘭を、八重は私の仕事机に置いて、

「野原いちめん、鈴蘭が咲いていたわ。女学生が大勢で鈴蘭を摘んでいるの。きっと好きな人にあげるんだわ」

と、言った。近くにミッション・スクールの遺愛女学校があった。

父からの仕送りが、いつも遅れがちで、金高もきまっていなかった。先細りで、いつ、と絶えるかわからない状態であった。

「勉強して、特待生になるつもりだ」

当てにならないことを姉に言ってみたりした。姉は近所の針仕事を頼まれて、はいった仕立賃を私の月謝に呉れることもあった。

階下の留守番がやっているマッチのレッテル張りの内職を分けてもらったが、手間賃がやすいので、じき、やめてしまった。

「吉っちゃんは、勉強だけしていればいいのよ」

妹に似た姪の気性を、伯父は気にいっているらしく、函館へ出てきたときは、小遣を姉に与えていた。ただでは相手をだめにすると考えるらしく、伯父は紐を通す羽織の耳の位置をなおす程度の仕事をさせて、小遣銭を渡すようなことをした。

夢見るような瞳をした八重に、私はかかずらっている心のゆとりもなかった。

夏休みをひかえて、全校生の遠泳がおこなわれることになった。

ドック会社の近くの海岸沿いに学校の艇庫があって、そこから出発するが、函館山の裏側をまわり、大鼻崎を経て立待崎に終わるコースであった。水泳は正課で遠泳も採点の対象になっている。泳ぎは若いうちが水に乗るので、入学した年の夏が、いちばん適している。

落伍者を収容するボートが、泳者といっしょに、ゆっくり進んでいたが、教官たちがオールを引いていた。

泳いでいるあいだは、ボートのところへ行くと、ドロップか飴玉を口のなかへ入れて貰えた。

私は谷田と並ぶようにして、離れずに泳いでいた。白い夏雲が、真綿をちぎったように散らばって、少しずつ、青空の下を動いていた。

私たちは仰向けになって、海の中で休んだりした。遠泳は時間がかかっても、泳ぎ切って目的の場所へ辿り着くことが大切であった。

谷田は赤い唇の色が消えて、私を心配させたりしたが、みなに遅れてもよいから、二人で気をそろえてゆこうと話しあってから、谷田の顔に生色が戻ってきた。

「花田君、苦しくなったら、好きなひとのことを考えるの」

谷田は、苦しさを忘れたような、うっとりとした表情を見せた。私も従妹の道代を思い浮かべたばかりで、谷田と同じだった。

最後の列からもはずれた二人をかばいながら、ボートのなかから教官がはげましてくれたが、このボートだけでも、かなりな落伍者が乗っていた。

二人はどうやら完泳することができた。

谷田と私は、これを契機に急に親しくなった。

谷田は癇が強いらしく、自分の爪を自分の歯で、いつも、きれいに噛み切っていた。

「花田君、手を出しな」

私の手を取って指先きを眺め、少しでも爪が伸びていると歯で噛み取ってしまう。

校舎を少しはなれたところに、冬の燃料を貯蔵する小さな建物があって、人目につかない、日あたりのよい隠れ場所だった。

秘密の匂いがする場所で、谷田は、黙って酔ったような顔を見せながら、私の爪を噛んでいた。明るい陽にあたった風景が、時間を止めて、生きているのは二人だけのように思われた。

谷田が私を好きなように、私も谷田を好きだが、谷田が私の爪を噛むことは、なんとなく女性じみていて、気持のわるいことであった。

「母が花田さんを連れていらっしゃいって、……」

「ありがとう。そのうち遊びに行くよ」

夏休みに帰省したら、みやげにできるようなものを持ってきて、谷田のところへ届けたいと私は思っていた。

谷田は、私が好きな弁当のおかずなどを余分に持ってきてすすめたり、谷田と同じ万年筆を呉れたりした。

私は谷田親子の厚意にあまえてばかりいて、そのため、谷田の母親から遠ざかっていた。

谷田の母は、きれいなひとのように思われる。取りわけての理由はなかったが、なんとなく、そんな気がし、私の考えがあたっていると信じていた。

私は夜が更けてから、寝る前に便所で小用をたしていた。水泳で赤ふんどしをつけてから癖になっていた。一本の毛が眼について、前を開いたまま、私は指先でつまんで棄てようとした。長い毛は私の肌に植っていて、指で引いた毛といっしょに、皮膚がはずんで盛りあがってきた。ていねいに覗き込んだが、一本だけが、はかなげに伸びていた。

知らないうちに、勝手気ままな長い毛は陰阜を苗床がわりにして伸びたらしかった。

私は血が逆流するような感じで、平静さを失っていた。子供でなくなったということが、宙ぶらりんの寂しさへ私を駆りたてていた。

足音を忍ばせて、二階へ戻ってきた私の顔を見て、

「なにか、あったの」

と、姉がたずねた。

「いや」

短く返事をして、私は寝床へもぐりこんだが、そのまま、黙っているのは心苦しいことであ

った。

明るいところで、私はていねいに陰部を調べて見たかった。

あす、学校で、谷田に聞いてみようと私は思った。

谷田正吉は、高等小学を終えていて、私より二つ年上であった。

私は昼休みに谷田を隠れ場所へ誘った。

「なんだ、そんなことか」

説明しているうちに私の顔は赤くなった。

「出して見ろよ」

谷田は、わざとらしく粗末に言って、私のズボンの前を、ポンと叩いた。

「一本だけ、ひょろひょろと生えているな。見てみろよ。丘のところに黒胡麻をまいたように、びっしり、芽をだしている。すぐ、毛むくじゃらになるさ。遅かれ、早かれ、みんな大人になるのさ。気にすることはないよ。大人になっても陰毛がなかったら、それこそ恥かしい」

谷田は元気な言葉に似ず、寂しそうな形になって、私の前にしゃがんでいた。

艇庫のある岸壁から防波堤が海へ突き出し、その上に組んだ櫓が飛込台になっていた。

飛込板を思いっきり蹴って空中に飛びあがってから、くるりと回転し、伸した両手を海面に突っ込むようにして頭から潜った。遣りそこねて腹を水へ打つけることもあった。

高いところから飛び込むほうが、姿勢をととのえる余裕ができ、頭のほうから垂直に水に落ち込むので、腹部を打つ心配もなかった。

私たちは飛込台の縄梯子をのぼって、順番を待ちながら、板の上に立っている仲間が失敗しないように声援していた。

飛込板の下は底が深いらしく、海はとろりとした濃い青さを見せて、静まりかえっていた。じっと見おろしていると吸いこまれそうな無気味さをたたえていた。

谷田の次ぎは山口で、そのあとに私がついていた。梯子の縄が濡れていた。私たちは、ちっとも休まずに飛び込みを続けていた。夏休み前に水泳を終える時間割になっていた。

北海道の盆は、ひと月遅れだが、この頃は夜になれば袷《あわせ》をきた。高い空を吹く風に秋の色があった。

谷田は、よい角度に飛びあがり、強い陽をあびながら、一回転するとき、白い歯をこぼして私のほうを見た。

「谷田君、がんばれ」

山口は自動的に飛込板にあがり、私は縄梯子を一段上に詰めた。

谷田のからだが海水の底へ沈んで行って、そのまま、見えなくなった。

飛び込んだあと、両手で水をかきながら、誰でも海面へ浮かんできて、うまそうに空気を吸い込むのだが、谷田は、どうしたのだろうと私は不安になった。飛び込んだ谷田が毬栗頭を見せて沈んで行ったようであった。教官は、梯子の下のほうにいる生徒たちを海中へ潜らせて、谷田を探していた。

山口と私は飛込台から、見えかくれする谷田の位置を、指先で示しながら、ボートに乗っている特務大尉あがりの堀教官に伝え、その場所を目掛けて生徒を潜らせるが、どうしても谷田を捉えることはできなかった。

水面に近くなると、谷田は両手を下から掻きあげて、立ち泳ぎのような形のまま沈んだ。両手を上から掻きおろせば、自然にからだは浮くのだが、谷田はあわてふためいて、逆の動作をしているらしかった。谷田は沈んだあとで気を失うらしく、両手を動かさないので、どうやら浮上するのだが、そのたびに両手を掻きあげては沈んで行った。

私たちは、思ってもみなかった出来事で、すっかり逆上気味だったが、谷田の死体が収容されると、不意の悲しみに包みこまれた。

「莫迦もん」

谷田の冷たい頬を、老いた堀教官は両手ではさみ、ゆすぶりながら、泣き噎《むせ》んだ。私たちも堰を切ったように声を振りしぼって涙を流した。

谷田をボートに収容した堀教官は、褌を取って尻を覗いた。

「こう尻穴が開ききっては、手のほどこしようもない」

仰向けに直された谷田の死体を取り巻いて、赤褌を締めた私たちは、泣きうなだれていた。

ふっくらと皮に包まれた谷田の陰茎が陽の光を浴びて眠っていた。陰毛は赤みを帯びていて、やわらかそうであった。

谷田が私の陰毛を見てくれたのは、つい、最近のことであった、と遣りきれない思いになった。

私も、その一匹だが、赤褌を締めた子鬼どもが、手放しで泣き悲しんでいた。

「谷田のおっかさん、どんなに哀しむだろう」

堀教官は、自分に問いかけて、しぼんだように顔を小さくした。

はっきりつかめないが、死因は三半規管の故障らしい。三半規管は内耳の一部で、その中に淋巴《リンパ》液がはいっていて、姿勢の変化で流動した液が神経を刺激して平衡感覚を保つようになっている。なにかのはずみで、谷田の三半規管の機能が狂ってしまったということであった。水中の出来事なので、窒息死したが、陸上なら、谷田は死なずに済んだはずであった。

—谷田が海面に強く当った衝撃で、三半規管が障害をおこしたのだと堀教官は思っているらしかった。

「生れつき、この生徒の三半規管に欠陥があって、こんな大事件になったのでしょう。人間は精巧に作られているが、ちょっとのことでは破損しないものですよ」

検屍に立ちあった校医が言った。

谷田の家は若松町にあった。

私たち同級生は堀教官に引率されて告別式にだけ行くことになった。

通夜には代表で級長と副級長が顔を出した。

「花田さん、あすの告別式には来てくれるでしょうね。正吉も喜びますわ、と谷田のお袋が言っていたぞ。谷田のとこへ遊びに行っていたのか」

級長の今野がたずねた。私は一度も行ったことはないが、どちらとも取れる返事をした。谷田が母親に私を売り込んで置いたらしかった。

霜降の夏服に黒い腕章をつけた私たちは、重い足取りであった。谷田の家がハイカラ長屋の一軒だということは、歩きながら途中で聞いた。

両側に並んでいる長屋建ての貸家は入口の門が遊廓に似ているので、ハイカラ長屋と呼ばれたらしい。緑のペンキを塗った四角な塔のような二本の柱が立った上に渡した銅のパイプから、花模様の電燈が、重そうに垂れさがっていた。

谷田の家は門をはいった中程にあった。明けひろげた縁側から奥の部屋の祭壇が見え、焼香台は庭先に出ていて靴をぬぐこともなかった。大きく引伸したせいか、影の薄い感じの谷田正吉の写真が飾られてあった。

焼香台の近くにすわって、ていねいに返礼しているのが谷田の母であった。黒い喪服をきて、うなだれていたが、私たち同級生たちの焼香がはじまると、顔をあげて、見まわした。

きのうまで生きていた一人息子の正吉は、もう、この世にいないのだと改めて思うようであった。

「花田吉平です。……」

と言っただけで、私は絶句した。

うしろのほうで無造作にまとめた髪へ手をやって、

「正吉と仲好しの花田さんですね。ありがとう」

と、谷田の母は言った。

日ごとに淋しくなるでしょうから、時にはお出掛けください。別れの挨拶で、谷田の母は私たちに言ったが、そのときも、手でやわらかく髪に触れた。気分が落ちつかないので、つい、手が髪へ行くらしかった。

谷田の母は眉が長くて、双方から、引っつきそうにせばまっている。それが淋しい感じにしていた。

「吉平さん、ここに来て、……」

谷田の母は、剃刀で眉のあいだを剃りひろげてから、私の首筋をあたってくれたりした。鏡台に写った谷田の母の、剃りあとは、青く匂っていた。

「小母さん、淋しそうですね」

私は鏡の中の谷田の母へ語りかけた。しなやかな指でおさえられた私の首筋に、剃刀が触れて、さわやかに響いた。私は息ぐるしい感じになって、そのなまめかしさから脱れようとして言葉をかけたのだが、声はかすれていた。

「風邪でもひいたの、妙な声を出したりして」

「いいえ、なんともないんです。ただ、あたまに血がのぼったようで、……」

谷田の母は、私の額に唇をつけて、

「熱なんか、ありませんよ」

と言った。男の子の心をゆさぶって、谷田の母は、愉しんでいるふうであった。

私が小さい頃、宝丹をつけてくれる前に、母は舌の先で傷口を、ぺろぺろ舐めてくれた。雪解けのあとの春の道は、土埃の中に馬糞の纖維がまじっていて、すりむいた膝小僧に血といっしょにこびりついていた。母は舌の先きで傷口をしゃぶっては、ごみをぺっぺっと吐きだしてから薬をつけてくれた。

錫の丸い小さな容器に詰ったベンガラ色の宝丹は、しめりけのある粉だが、母の涎で、しっくりと傷口に付いた。

私の母が傷口を舐めたときも、とろけたような好い気持になったが、谷田の母の唇が額に触れたときの、息ぐるしく、あやしい心の動揺はなかった。

正吉の母は、顔かたちが美しいけれども、影があった。私は子供心にも、どことなく影にひかれていた。

「小母さんと呼ぶのはやめて、正吉君のおかあさんにします」

私は言葉の力を借りて、心の乱れを直そうとした。私たち男の子には、母はいちばんに尊いものであった。

「小母さんでも、正吉のおかあさんでも、同じことなの」

手のとどかない距りがあって、私の危険な考えは、相手のふところに届かなかった。それでは私は物たりなくて、不満だった。どうしようもない、矛盾や分裂を伴う感情は、異性に対する憧れの表出なのだと、私が知ったのは、少し経ってからのことであった。

小さな窓から見える山毛欅《ぶな》の木の葉が色づいて、秋も深まったという悲しみを伝えた。北海道の秋は駆足で、冬は、どっしりと重い腰を据え、歩み寄ってきた春を出迎えようともしないのだ。窓下の壁に押しつけた正吉の机と椅子が、まだ生きていたころの形で残されていた。

濡した掃布を両手に私たち下級生は四ん這いになって、木造校舎の長い廊下を拭き掃除した。放課後の仕事だが、義務づけられていて、誰も逃げだすことはできない。私たちはみな手足に、霜焼や皹を作っていた。

「正吉も、こんな目にあっていたでしょうね」

霜焼ではれあがった私の手を撫でながら、谷田の母が慰めてくれた。姉のツルも世話を焼いたが、谷田の母の手当が私の気持にしっくりした。死んだ正吉への供養心が加わっているせいらしかった。

学校の帰りに谷田の母のところへ寄るのが私の癖になっていた。

薬湯のはいったバケツを谷田の母が土間へ運んできて、その中へ私の霜焼の足を入れさせて、静かに揉みほぐしてくれたりした。

ハイカラ長屋には、船乗りの家族と同じぐらいの妾が住んでいた。二号の暮しははでだから、お妾長屋ともいわれていた。

谷田の母がおやつ代りに、コーヒーの粉末入りの角砂糖を、私に出したりした。

「コップに入れて熱湯をそそぐと、砂糖のはいったコーヒーができるのよ。即席コーヒーってわけね。便利だけど、喫茶店のようにはおいしくないの。だから、角砂糖をかじりながら、お煎茶をいただくことにしましたの」

濠州航路から戻って来た船員が呉れたという、その角砂糖は、嚙んでいると砂糖の甘さのなかにコーヒーのほろにがさがまじってきた。

甘さとほろにがさのまじったような感じが、この頃の私の気持にあった。

女のひとを好きになる前の男の子の状態らしかった。

「正吉君のおかあさんが好きな僕の気持みたいです。このコーヒーの味は、……」

思ってもみなかったことを、私は口にして、もっと、似つかわしい表現があったのに、と探しているうちに、双方の頰が、炎のようになって来た。

谷田の母は、血がのぼったように、顔をあからめて、

「吉平さん、かわいそうに、……」

と、私を迎えるように両手をひろげて、前へ突きだした。

私は抱きついて、谷田の母の胸へ顔を埋めた。胸へ手を入れて、谷田の母の乳房を探り、そのやわらかな触感をたのしんだ。

谷田の母は、私が、なにをしてもよいと思ったように、からだから力を抜いて、眼をつぶっていた。畳のうえに仰向けに寝たまま、谷田の母は白い腕を投げだしている。腕の付け根のところに黒い縮れた毛が見えた。

私は、いっしょにたおれていた。谷田の母を押しつけた覚えがないから、抱かれたまま、私も倒れたらしい。私は満ちたりた思いになり、谷田の母の胸へ顔を付けたり、耳たぶを引っぱったりした。

「小母さんが、いけなかったのよ。正吉に死なれて、淋しかったものだから、吉平さんをかあいがりすぎたのね」

谷田の母は私の頭を撫でながら、溜息をついた。

畳のうえに散らばったピンを拾って、髪をなおすと、谷田の母は立ちあがった。

「風邪をひくと大へんだから」

押入から毛布を取りだしてきた。私は薄目をあけて、寝たふりをしていた。

私に毛布をかけて、谷田の母は、足のほうから、同じ毛布へはいろうとしていた。

「鈴さん、いるか」

居間が明るいせいか、玄関の三和土に立った大きな男の表情は、はっきり、わからない。

谷田の母は、

「順哉さんか」

と、たしかめながら、上体を乗りだすようにした。谷田の母は鈴という名だと思った。

「おや、おや、まだ明るいうちから、……」

「なに、言ってんの、順哉さん。正ちゃんの学校友だちなのよ。あがって、お茶でも飲んでいらっしゃい」

私は寝たまま、相手に会釈して、谷田の母よりは十ぐらい年下だろうと考えていた。この青年は谷田の母と親しい間柄らしかった。

順哉青年はハイカラ長屋に住んでいるが、遠洋の貨物船に乗り込んでいるので、ほとんど家にはいない様子であった。

白い鸚鵡《おうむ》のはいった籠を提げていた。止り木にとまった白い鸚鵡は、輪のように首をまわしながら、今日は、と叫んだりした。順哉が教えこんだらしく、どこか似た調子があった。

「順哉さん、また、買い手を見つけろというんでしょ。置いていらっしゃい。不景気だから、相手を探すまでが大へんと思うけど、……」

鈴は、船員が外国から持ち帰ったものを売りさばいているらしかった。

「頼むよ、鈴さん、値段のほうはお任せするから」

青年は口数が少ないほうであった。

「この前のように、カアチャン、ダッコなんて教えてないでしょうね」

「あれ、おれじゃないよ。ひどいめにあったもんなあ」

鈴と順哉が顔を見あわせて明るく笑った。品のない言葉をおぼえた鸚鵡が買主から返されたこともあったらしい。

正吉を学校へ通わせる費用は、船員が持ち帰った品を売りさばく仲間になって、ひねりだしていたらしいと私は思った。密輸入すれすれの品もあるらしかった。

順哉は下級の船員らしく、それをきわどい内職で補っているらしかった。

順哉は、ちら、ちらと鋭い目を私のほうに走らせることがあった。口数が少ないのも、警戒心からであるらしく、順哉の大きい体に殺気のたつこともあった。

「じゃあ、頼んだぜ。鈴さん」

順哉は片手をあげて、それが挨拶らしく、素早く外へ出て行った。

「谷田君のおかあさん、鈴というんですね。どうしていまの人は、小母さんって呼ばないんだろう。年下の癖に、……」

私は順哉に嫉妬を燃していた。

「そうね、あの子が、まだ、小さいときからの知りあいだし、仕事仲間で、年や身分と関係がないのさ」

　赤道を越えて、遠いインドネシヤから来た白い鸚鵡は、コンニチハという、ひと言を繰り返すだけであった。赤ん坊の片言のように無垢な、たどたどしさがあった。コンニチハという前に、鉛のように重い喙《くちばし》を、ゆっくり輪を描くように廻した。覚えた言葉を頭のなかで、さらっているらしかった。

「言葉数は少ないほうがいいの。飼主が教えるたのしみもあるし、自分が教えたとおりに話すのが聞けるし、……」

　鈴は持ち込まれた鸚鵡に夢中で、私のことは忘れていた。

　もし、順哉が現われなかったら、私を裸にして、いっしょに鈴が寝たかもしれないと思ったりした。

　今野という機関科の上級生が、当て名も、住所も書かない、白い角封筒を私に渡した。

「お前は姉さんといっしょにいるんだってな。この手紙を届けて、姉さんから返事を貰ってきてくれないか」

　照れくさそうに、顔のにきびをつぶしながら、私のほうは見ない。今野は軟派らしく、らっぱズボンに、かっきりと折目をつけていた。

　商船学校は上級生には絶対服従で、どんな無理でもきくことになっている。私は、足をそろえて、直立不動のまま、はいと答えた。

質屋へ夜具を運ぶ手伝を断って、鉄拳制裁を受けた釧路の旅館の息子で前田という同級生は、これが原因で急性肋膜炎になり退学したばかりであった。

姉へ恋文を届ける使になるのはいやだったが、鉄拳制裁を受けてもつまらないという思いが先にたった。

鉄拳制裁は、はっきりした理由があるとは限らないから、集団暴行のようなものであった。なんとなく気にいらないというだけで呼びだされ、多くの生徒たちの前で、なぐられたり、蹴られたりした。抵抗できないから殴られっぱなしで、泣き寝入りするより仕方なかった。

私は、まだ、育っていないから、筋肉に締りがなく、歩くと頬がたぷたぷ動いた。力を入れて、歯を嚙むようにすれば、頬が締ると軍事教練の教官に教わったが、あまり効目がなかった。私のような軟かな肉を、水肉というらしかった。

水肉というだけの理由で、私は鉄拳制裁を受けていた。

「吉っちゃん、この男は嘘字ばかり書いて、恥しいと思わないのかね」

今野の恋文を、小莫迦にしたように、鼻をくすんくすんさせながら読んでいた私の姉は、前掛けで顔を拭った。脂のような汗をかくのは、いつも姉のツルの緊張したときであった。

「返事を届けないと、なぐられることになっているんだ。頼むから書いてくれよ。なあ、姉ちゃん」

「また、顔がまがるほど殴られるの。なんとか、書いてやるさ」

ツルは、流れるような速さで、小さな字の手紙を書いた。

「どこにも、こっちの名も相手の名も書かなかったから、他人に拾われても心配がない」

知らない女学生に手紙を出しただけで、停学処分になった同級生がいた。親類の家でみた女学校の校友会誌を見て、好きな名を選び、学校宛に出した恋文であった。知らない、一度も口をきいたこともない女学生に恋文を書いて、三週間の停学処分になるような時代であった。姉の配慮は当然なことであった。

姉が種切れになって、今野の返事が書けないというので、私が下書で代作した。

私は今野と姉のあいだにたって、手紙を運ぶ役をしながら、恋愛とは無駄な、おかしみもあることだと思ったりした。

順哉が現われてから、私は谷田の母から遠ざかっていた。

教室の机に、昼休みを利用して鈴という字を彫ったりした。指の腹で、彫りおこした鈴のくぼみをなぞっていると、女体の一部に触れているような、おちついた気分になった。鈴という字が谷田の母に変身していた。

短い手紙でもいいから、谷田の母から貰いたいと私は狂おしく思ったりする。第三者が眺めたら、莫迦げたことというにちがいない。わかっていても、それなのに私は夢中だった。

頭の毛を青く刈り込んで、下ぶくれの、やわらかな頬をした私が、死ぬほど谷田の母を好きになっているとは、私の姉も思ってはいなかった。

「姉ちゃん、女のひとが好きになると、死にたくなるだろうか」

私は、もう眠ってしまった姉をおこして、枕もとに胡坐をかいたまま、涙を流していた。夢のなかに谷田のおかあさんがいた。どうして、ここにいるかわからないが、眼がさめたとき、涙を流していた。

「どうしたのよ、吉っちゃん。電気をつけてちょうだい」

姉は夜具のなかに坐って、私の顔をみてから、「あら、泣いたりして、……」と言った。

夢のなかで、死のうと思っていたらしかった。

「踊の好きな娘は、いいお嫁さんになれるかどうか、わからない。八重ちゃんなら、という意味ではなくて、誰だって、好きになったら、死にたくなるかもしれないわ。吉っちゃんの言ってる人、道代さんのことかしら。気心は知れているけれど親類同士ではねえ」

ツルは大きな目で、天井から吊された電燈を眺めていた。

「姉ちゃん、誰ということでないのさ。ただ、女の人が好きになったら、死にたくなるところまると思ってさ」

「姉ちゃんもわからない。死ぬほど好きになったことがないんだもの。シモなら、知ってるかもしれない。ねえ、遅いから、休みなさいよ。あすは早いんだから」

「ああ」

私は自分の寝床へ引きあげながら、あすは学校の帰りに鈴小母さんを訪ねようと思っていた。

翌日、谷田のところで、私は鈴と順哉を一度に見た。

鈴と順哉は向きあって、互いの両脚を、馬蹄型に投げだしていた。ズボンの前をひろげた順哉の腿は下に、やわらかなきものからはみだした鈴の白い腿が上に重なったまま、馬蹄型の腰にあたるところで、ふたりは、ぴったりと固定されていた。

私が慣れた感じで、玄関からはいると、うっとりと眼をつぶった鈴の顔が、うしろ向きの順哉の肩に頤を乗せて、かすかに揺れ動いていた。私は声をあげたらしかった。眼をあけた鈴は、淡く笑ったような表情を見せて、順哉の手に支えられながら、弓なりに仰向けにたおれた。下腹部がたがいに固定し合っているらしい、呻き声がもれたが、鈴のようでもあり、ふたりの重なった声音のようでもあった。

私の足は三和土のうえで、震えていた。順哉の大きな背中が衝立になっていた。その陰に鈴がかくれて、頭も胴体も見えないが、投げだされた両脚は馬蹄型に開いて、ほとんどむきだしになっている。きものの裾をかけてあげたいと私が思ったとき、正吉が、もし、生きていても、この立場にいたら、同じことを考えるだろうと思った。

鈴の、しっとりとした脚は白く輝いて、なにかに耐えようとするらしい足首の指先は内輪に折れまがって、ひくひく動いていた。

順哉は前こごみになって、繕いものでもするように、指先を使っていることは腕の動きから想像することができた。

三人の誰からも言葉が交されずに、長い時間が過ぎていたと、よろめくように外へ出てから私は考えたが、濃密な行為に突如、出あわしたからであった。

一年生最後の学期試験がせまったころ、私は風邪をひいて高熱に悩まされながら、勉強机に向っていた。

「吉っちゃん、酔っぱらったみたい」

姉のツルは薪をくべようとストーブの口をあけていた。小さな丸い風呂桶の形をした鉄板製のストーブは、炎の照り返しで、ツルの髪を燃えているように見せ、顔や手を、まっかに染めていた。

「姉ちゃんこそ、酒を飲んだ赤鬼だ」

熱のせいか、私のからだは、ふわふわ浮いているようであった。眼球が乾いた感じで、閉じた瞼に力をこめてみたりした。

私は試験が終るまで、姉に病気を気づかれないように、わざと元気に振舞っていた。

大正七年の秋からはじまったスペイン風邪は世界中へひろがり、翌年になってもその勢いは衰えなかった。急性肺炎に似た症状で四十度近い高熱を出した。死者が十万人あまりもあるということであった。

私はなにを食べても苦いので、ご飯に白湯をかけて、喉へ流し込んでいたが、これも苦くなってきた。スペイン風邪かもしれないと私は思った。

「スペイン風邪も、麻疹のようにあとでかかるほど重いそうよ」

階下に住んでいる八重は、はやりはじめにスペイン風邪をすませていた。私は八重の言ったことが気になってもいた。

父が当てにならないので、私はよい成績をあげて、特待生になろうと考えていた。

試験が総ておわった日の帰り、雪道で、私はよく転んだ。緊張感が薄れて、熱のために歩行が乱れるせいだった。雪のなかに埋ったまま、眠ってしまいたいと私は思った。急に正吉の母に逢いたくなって私は歩きだしていた。

私が順哉に出あってから、谷田鈴に逢うことはやめようと決心した。死んだ正吉の母と鈴という女を違う人間にしたいためであった。

どうして、正吉の母に逢いたくなったか、考えてみてもわからないが、私の気持のなかに、じき死んでしまいそうな怖れがあって、ひと目だけでも正吉の母を見たいと思ったふうであった。

私の差しのべた手を、正吉の母が握り締めてくれた。

「どうしたのよ、火のようだわ」と言った。部屋に寝かされ、鈴が連れてきた医師の診察を受けたあと、私は意識をうしなってしまった。

私が気づいたとき、夜になっていた。額にのせた氷嚢は鈴が取りかえてくれたばかりらしく、氷の溶ける涼しげな音がした。

氷嚢の中は、すぐに湯のようになり、冷たい氷嚢との取りかえが忙しく、猫の手も借りたいほどであったと鈴は言った。

「電話してあるの、姉さんは、もう、見える頃よ」

北浜町の伯父の出張所には電話があった。正吉に電話番号を教えたことはあったが、鈴が知っているのはふしぎであった。正吉は母の鈴に、なんでも話していたらしい。

対の銘仙をきた私の姉は、寒気で頬をあからめ、どうして、呼びだされたかわからないらしく、おどおどしていた。

「吉っちゃん、どうしたのよ」

死んだ谷田正吉の家で、私が寝ているのを、姉は、どうしても腑に落ちないふうであった。

「よく死ななかったものだとお医者さんも驚いていらした。スペイン風邪だったんですってよ。絶対安静のときに歩きまわったりして、……子供さんは、これだから困ると怒っていたわ」

鈴は、はじめて逢った姉にずけずけ小言をいってから「危険期は過ぎたそうです」と、姉のほうを見た。

「すみません」

姉は両手を膝に置いたまま、ただ、小さな声で詫びた。世間慣れした受け答になっていない姉の挨拶に、鈴は好意を寄せたらしかった。

「いいのよ、なにも気にしなくても。一時は吉っちゃんがどうなるか心配で、かっかしてたもんで、……ツル子さんっておっしゃいましたね、楽にして、今夜は泊っていらっしゃいよ」

鈴の立て替えてくれた診察料や薬代が、どれほどになるか、気になったが、ツルは、どう切りだしたらいいか見当もつかないようだった。

姉のツルと私は、一年のあいだ、国縫の家へ帰ったことがなかった。ツルは仕立屋の仕事に、いつも追われているから、休暇をとることもできなかったが、家へ帰る気がしないからであった。父がふしだらをして、シモに子供をうませたことが、帰省する意欲を姉から奪ってしまっていた。

私は姉に殉じたつもりだが、無性に帰りたくなったりした。長い夏休みも、たのしい正月休みも、姉といっしょに北浜町の二階で過した。

スペイン風邪で倒れた私を連れて、いっしょに国縫へ帰ることは、筋道をたてる姉の納得できるおこないであった。意地が強い姉は、腕一本に頼る職人の生き方に向いていて、数えの十八になったばかりだが、師匠の遠藤からも目をかけられていた。

「もう、一人だちできる腕前になったが、店を張るには、まだ若すぎるよ」

遠藤は、あとを姉のツルにゆずる気になっていた。

遠藤から姉に一週間の隙が出た。小遣の前借もできたらしかった。

「ひとの厚意は、素直に受けるものなのよ」

気負った姉が、鈴にたしなめられたりしていた。姉は用だててくれたお金を鈴に返して、私を呪縛から逃れさせようと考えているふうであった。姉に思い過しはあったが、鈴の親切から、いらないお切匙《せっかい》を感じ取っていた。

私は体力を消耗して歩くことができなくなっていた。珍しく牡丹雪が降っていたので私は人力車で函館駅へ行った。

「吉っちゃん、早く元気になってね」

角巻をきた鈴は、眼が大きく、鼻筋がとおっているせいか、聖母の絵姿に似ていた。列車がホームを離れるころ、姉は、やっと思い出したように鈴に向って、ていねいに頭をさげた。

空席が多く、私は横になっていた。

姉は窓から外を見ながら、大沼が見えるなどと私に知らせたりした。

汽車は森から噴火湾沿いに海岸線を走るのだが、国縫まで行くのに三時間半ほどかかった。

姉は毛糸の玉をころがして、編み棒を動かしていた。ショールになるらしい毛糸は薄い紫いろをしていた。

「どうだろうね、シモに逢って、きっぱりと手を切るように頼んでみては、……」

子供がいるシモには無理なことだと姉は思っているらしかった。編みかけのショールに向って語りかけているようであった。

「どっちにしてもはっきりしてもらわないと、……」

姉の気持から、シモのことははずそうと私は別の話をはじめたが、姉は浮かぬ顔で取りあおうともしなかった。

私は気が弱っていたから、姉がごたごたをおこすのをおそれていた。

母も弟の修平も、突然帰って来た私たち二人を迎えて、驚いたふうであった。

「滋養になるものを食べて、よく眠ったら、病気は忘れたようになおるさ」

私たちが汽車から降りたのを見た人が母に知らせていた。私は、ゆっくり歩いても疲れて、ところどころで立ちどまっては休んだ。

家に着いたとき、母は大きな鍋を火にかけて、毛蟹をうでているところであった。

「お父ちゃんは？」

私は修平に聞いた。

「いま、いないよ。旅に出ているのさ」

大正八年の六月、皇太子裕仁親王と久邇宮《くにのみや》良子《ながこ》女王の婚約が発表された。

「竹の園生の御栄え」という皇族アルバムが発売され、販売員が家庭を訪問して売りさばいていた。札幌に北海道支部ができ、販売主任の成田秀雄は国縫生れであった。

成田は小学校を終えると札幌の大通にあった北国印刷所へはいり、オフセット印刷の熟練工になった。大正七年、開道五十年記念のアルバムを作って北国印刷所が売りだしたとき、成田は販売を受け持って大当りを取った。

皇族アルバムの北海道一手販売を成田が引き受けたのは、前年の働きが認められたからであった。成田は勤めをやめた。

成田が、この売り込みで、久しぶりに生れ故郷の国縫を訪ねたとき、私の父は案内役を買って出て、なんとなしに皇族アルバムの販売人になった。

「兄ちゃん、これだよ」

奥の部屋から見本用の皇室アルバムを修平は持ってきた。

「大ていの家の床の間に、このアルバムが飾ってあるから、うまくいっているらしい」

月賦売りもあって、修平は村の集金の手伝いもしているということであった。成田が、私の父と相談して、町や村の郷土史アルバムを計画中だということも修平は知っていた。北国印刷所と共同事業になるので、実際に仕事がはじまったら、札幌へ引越すかもしれないと修平が言ってから「お父ちゃんのことだから、どこまで信用できるか」と小首を傾けたりした。

二つ年下の修平は、急に肩幅もひろくなり、おとなびた口をきくようになった。私がいないあと、母を助けて苦労したせいらしかった。

姉は五日間の休みを使って、父とシモの関係を、はっきりさせたいと考えていた。

「たしかにツルのいうとおりさ、理屈のうえではね。しかし、どっちかに決めるとなれば大へんなんだよ。そのうち、時が解決するだろうさ」

ツルは母の考えをまだるっこく思ったが、どうすればよいかわからない。ただ、無性に腹だたしかった。

父は、ちっとも家に落ちつかず、戻ってきたかと思うと、すぐ出掛けるような有様で、相談しようにも仕方ないと母がこぼしたりした。

私は、じき食欲がでてきて、みなが呆れるほど食べては、寝てばかりいた。

春になったら、元気でお目にかかれるでしょうと私は正吉の母へ葉書を書いたりした。

姉が帰る日のせまった前の晩、父が久振りに戻ってきた。

「お前たち、帰っていたのか」

「吉平がスペイン風邪で、ひどい目にあったらしいんです。ツルは付き添いで、あすは、もう、帰るそうですよ」

母から聞いて、ちらっと父は私たちのほうを見たが、

「なにもあわてて帰るにはおよぶまい。遠藤さんのところは、いつ、やめてもいいんだぞ。近く大金がころがり込むことになっているんだ」

と、言った。付け元気なだけ、空疎な感じをあたえたが、話している父も、長いあいだの癖になって、ただ、繰りかえしているだけであった。

「わたし、まじめに働いて生きてゆきます。あまった金があったら、お母さんにあげてくださ

い。お母さんを、かあいそうだと思わないんですか」

ツルは考えながら、句切ったように言った。

「お母さんが、なにか言ったのか」

父はうろたえていた。

「なにも申しませんよ。ツル、久しぶりにお父さんと逢ったんだもの、なにか、たのしい話でもしたら、……」

母が取りなすと、かえって白じらしい雰囲気になった。

「早く寝たほうがいいよ」

私は、誰にともなく言って、寝部屋へ引揚げた。

夜明け前、父と母の、なにか話しあっている低い声を、ツルは耳にした。これまで聞いたこともない、ねっとりした母の声を、朝早く起きだしたツルは、夢のなかの出来事だったかもしれないと思いなおしたりした。ツルに持たせてやる土産ものを両手にさげて、母は足早やに駅へ歩きだしていた。土産もののなかに鈴へ届けるものもあった。

私は、早く直って、学校へ行きたいと思った。とろろ飯などを弟の修平と競争で食べたりした。

からだに肉もついて、学校での訓練にも耐えられそうだと思い、堀教官にも便りを書いたりした。

四月の新学期がはじまって、病気で休学している私のところへ、級友から見舞状がきた。鉄拳制裁などのある野蛮な校風に嫌気がさした退学の前提かと勘ぐった内容の便りも、そのなかに混っていた。

私はセントヘレナのナポレオンだと言って、寝巻の前をはだけたまま、両手をうしろに組んで部屋のなかを歩きまわったりした。

「兄ちゃん、もう、やめたら」

修平は、にやにやしながら、子供のようにはしゃぐ私をたしなめた。

「おや、吉平、ここへ来てごらん、へそが出ているじゃないか」

パンツひとつで、私の腹は丸出しになっていた。母は薄暗い電燈で照らされた腹を撫でさすりながら、不安な顔付きになった。

「腹が、ぱんぱんに腫れて、へそを押しだしているらしい。痛くなかったの」

母が指先きで押すと、腹の底に鈍痛があった。ふとりはじめは腹に肉が付くなどと喜んでいたのが、仇になってしまった。

「あす、麥倉先生に見てもらいましょう。早く診察してもらえばよかった」

麥倉は軍医あがりの老医師で、国道沿いに住んでいた。

たしかに函館から戻ってきたとき、麥倉さんに見てもらえと母から言われていた。

私はまだ子供だが敏感に伝わって来るものがあって、一年前のように村の人たちになじめなくなっていた。

父が失敗続きなので、村八分にされているようなところがあった。

「大丈夫だよ。お母さん」

私は診察を拒んできた。

麥倉医師の診断では腹膜炎ということであった。水がたまる種類でないから、自然に落ちつくまで、長い安静療法が必要だと言われて、母は考え込んでしまった。

「学校なんて、とんでもないことだ。学校が一年や二年遅れても、一生とくらべたら、たいしたことじゃない」

麥倉医師は、赤ん坊のときから、私を見てくれていた。

学校へ行くことができないと決って、私は暗い気持であった。

きらきら光った熱さましの粉薬と酸っぱい胃腸薬をのむだけで、あとは自然の治癒力をまつ方法は素樸なものに思えたが、私は母の指示にしたがって、規則正しい生活をした。

母が帯のあいだに両手を入れ、うなだれたまま、じっとしていることがあった。思いあまったときに、いつも、母はこんな恰好になった。

私は疲れると、風邪をひかないように毛布にくるまり、どこでもごろりと横になることにしていた。

私の枕もとで、吉の奴も、死ぬかと私の父が言った。私の顔をのぞきこんでいるらしかった。やわらかい父の息が私の頬にかかった。

私の腹膜炎は、いのちとりの難病なのであった。麥倉医師が、母に教えたのであろう。私は寝た振りをして、父がいなくなるのを待っていた。

「札幌へ行くことができたら、偉い先生に見てもらえると、それが、はかない頼みになっているんです。このままでは、あまりかわいそうで、……」

「成田のところへも、相談をかけてみるさ。アルバムの新しい企画も、どうやら、ものになりそうだからな」

少し離れた茶の間で、私のことを話しあっていた。

病気では死ぬはずがないと私は思い込んでいた。私の弱ったからだのなかから、新しい生命力が、蒔いた種の芽ぶくように起ちあがって来るのを、感じで捉えることができた。

父や母が、私をなおしてくれようとしていることは身に沁みたが、私のいのちとは無関係のように思われた。

私は野に出て、小川の近くに芹を見つけたり、林檎の木のある原っぱで根三つ葉を採ったりした。乏しい食卓をにぎわすためであった。

店はほとんど休業状態で、仕入れ残りが、埃をかぶって並べられていた。

母は野山から運んできた蕗を買い取って、函館の市場へ送って見たり、製紙の原料になるサビタの木の皮下肉を樽詰にして、工場へ送り込んだりした。季節の仕事の繰り返しで、どうやら、商売は成りたっていた。

私は、なんとなく、シモに逢いたくなっていた。国縫から茶屋川へ行くのは、丈夫なからだなら、たやすいことであった。

幾度も、私は野原へ腰をおろして休まなければならなかった。

正吉の母に逢いたいと思ったりするようにもなっていた。商船学校は退学してしまったから、もう、逢えないと思うと胸が締めつけられるようであった。

シモ、道代、八重、鈴に対する、私の思慕は、遠くから覗き眼鏡で、こっそり眺めて、愉しんでいるような感じがあった。

正吉の母の鈴に逢えなくなったから、近くのシモを訪ねようという便宜的なものではなかった。シモは父の思い者であった。

シモのところへ行ってみるだけで、声をかけずに戻ろうと、シモの家の茅葺屋根が遠くに見えたころから、私は考えていた。一軒だけ、ぽつんと離れて、茅葺のシモの家が建っている。私は引き寄せられたように、小さな門のところまで行ってしまっていた。

父は熊手で、地面にひろげた枯枝を集めていた。さっさっと力をこめて掻きあつめた枯枝を、山積みにしていた。家の前の広い空地で、鶏がうららかな陽を浴びて餌を拾っていた。

私のほうから、父に声をかけようと思ったが、そのまま、しゃがみこんでしまった。

こんなに生きいきとからだを動かしている父を見たのは、初めてのことであった。

父は納屋のほうへ歩きかけて、誰かを呼んだらしかった。誰かを呼んだというのは正確だが、誰かはシモだと同時に思ってもいた。はだけた襟をあわせるようにして、シモは、ゆっくりと父のほうへ歩いてきた。愛されていることをからだで知っている落ちつきが、シモを幽雅にしていた。シモの足もとに、二つぐらいの女の子が、よたよた、まつわりついていた。ふさふさした黒髪をかっぱにして、赤い鼻緒の藁草履をはいていた。濃い水いろのきものが、男の子のようにも見せた。

女の子は父のほうを見て、けたけた笑いながら、こわれかけたゼンマイ仕掛の人形のように、ぎくしゃくと動いた。口もとのあたりが姉のツルに似ていた。なつかしいような、拒んで、受けいれないような感じを、私は小さな女の子に持った。

シモの母は死んだのかもしれない。屋敷は前に見たままだが、暗さがなくなった。

父は女の子を抱きあげ、シモは父にしなだれかかるようにして、家のなかへはいった。お茶の時間でもあろうか。

一家をあげて、札幌へ出る話は急に決ったらしく、引越はあわただしいことになった。

家や土地を売って、借金を返したりしたが、父の手に、ほとんど現金は残らないようであった。

札幌では借家に住むことになるが、貸家には畳がないしきたりなので、古畳などは道具類といっしょに運んでゆくことになった。

私と、呼び戻された姉は先乗りで、いっしょに出掛けることになった。

姉が付き添って、早く医者に見せるためであった。

札幌の植物園に向いた北五条通の平家の長屋で、隣りには成田のところに働く人が住んでいた。西十丁目の、植物園の敷地が終った所にあった。

札幌は街路樹の多い町だが、私たちの住む長屋の前が植物園なので、高い樹木のために、あまり陽があたらないほどであった。

近くに納豆博士で知られる半沢という北大教授の屋敷や小林という製糸工場もあった。

市立の札幌病院も近かった。内科の植村博士がよかろうと成田に聞かされて、私は姉といっしょに行った。

私のからだをていねいに見てから、

「入院の必要はありません。毎日通っていらっしゃい」

と植村医師は言った。

「直りますでしょうか」

姉は母から言われてきたらしかった。

「なおりますとも、……わたしがなおしてあげますよ」

思っていたのと同じように、植村先生は、なおりますと言ったことに、私は気をよくしていた。

父母といっしょに修平も来た。修平は北九条小学校に転入学したが、なじめない感じで、生れ故郷の国縫の噂ばかりしていた。

「お父さんは、仕事で町へ出掛けていたのに、どうして、せまくるしい国縫から出ようとしなかったのかね。追いつめられるまで、じっとしていた気持がわからない」

母は姉や私を相手に述懐したが、せまい土地に住んで、わるい噂に耐えてきた苦労を思い返しているらしい響があった。

母は私たち子供を連れて、いっしょに町中を散歩したりした。

札幌はクロバーが多く、道路のはずれなどにも生い茂っていた。

母はどぶ板を飛び越えて、見つけた四つ葉のクロバーを採ったりした。

「四つ葉のクロバーを持っていると、いいことがあるそうだから」

母は若やいだ声になっていた。

姉は函館へ帰ることになった。小樽には私たちの祖父母と従妹の道代がいた。姉は小樽へも出掛けてみたが、落ちつかないふうであった。姉は、ひとりっきりの自分の部屋が欲しい年頃になっていた。

私たちの長屋は、茶の間の外に、ふた間のせまい家であった。

「北浜町は部屋が広くてよかったね」

私は、一つの勉強部屋を持っていた函館の頃を、なつかしく思いだしていた。

「姉ちゃん、こまるんだ。お母さんといっしょの部屋だもん」

母と父の部屋で、姉も寝ていた。私は修平と同じ部屋だった。

姉は眼をつぶって、からだに力を入れ、顔をあからめた。いやなことを振りおとしたいときに、いつもする姉の仕草であった。

なんとなく、姉の困惑が伝ってきた。

「吉っちゃん、誰にも言っちゃいやよ。シモが、やっぱり、付いてきたのよ。子供もいっしょだって」

「二人を先きにこっちへ寄こしたのは、そのせいかな」

「さあ、そのことはわからない。琴似ってところに、小さな文房具店を出させたらしい」

琴似は札幌の郊外にあった。

「わたし、女だけれど、女は仕様がないもんと思うわ。とにかく、函館で、せい一ぱい働きますよ」

角巻をきた聖母マリアのような鈴が私の心に浮かんできた。

あちこちの街路樹から、間のぬけた気怠さで、郭公の啼き声が聞えてくる五、六月頃の札幌の朝明けは、紫いろの濃い靄で、肌がじとじと湿った。私は母に起されて、病院へ通ったが、待つ時間が長いので、診察を終えて帰るころは、明るい太陽の光が隈なく照らしていた。

地方から出てきて、入院の必要がない患者たちは、市立病院の近くの旅館や下宿に泊っていて、早い順番札を手に入れていたが、私も、病人らしく、ゆっくり歩いても三十分とはかからないところに住んでいるので、帰ってから朝の食事をとった。病院通いは軽い運動になり、そのせいか食欲もでた。

紫いろの濃い靄の人影が、紫の道を遠くから歩いてきて、私とすれちがうときに、はっきり、目鼻立ちを見せて、そのまま紫のなかに姿を消してしまう。紫の靄のなかから現われる私の心に焼きついた若い娘たちは、白い襟を、きちんとあわせて、和服をきていた。札幌のどの娘も白い襟をきちんとあわせていたと私が思うのは、遙か昔の記憶から抽出した美しい絵姿なのかもしれない。

遅い北国の夏の朝早く、濃い靄に陽の当り加減で、風物が紫いろに見えたのは決して嘘ではない。ただ、毎朝が紫であったと私がおぼえているのは、どうやら、そのようにあらせたいという願望のせいらしい。

「札幌は大なる田舎なり。木立の都なり。秋風の郷なり。しめやかなる恋の多くありそうなる都なり。路幅広く人少なく、木は茂りて蔭をなし、人は皆ゆるやかに歩めり」と、石川啄木の日記に書かれている初めての印象も、詩の眼鏡越しに捉えた風景であろう。これは啄木が函館で大火にあい、札幌の北門新報社の校正係になって赴任した明治四十年九月十五日の日記なのである。私のはじめて見た札幌の秋が、啄木の日記と似かよっているから、私の紫いろの札幌の初夏もほんとうの姿だろう。

弟の修平は小学校六年になっていて、札幌一中にはいる受験勉強をはじめていた。札幌二中とともに庁立だが、入学は一中のほうがむずかしかった。

「兄ちゃん、これできるかい」

修平は敗けぎらいで、教えてくれとは決して言わなかった。ひろげた「問題集」を私の眼の前に差しだして、さあ、どうだという顔つきをした。

「どれ、紙と鉛筆を出せ」

私は算術の難問を解くために、脂汗を流したりした。

「これでいいだろ」

「うん、答えがあっている」

弟は解答と見くらべて、満足そうに笑った。

「修平が頼みますと頭をさげるまで、ほおって置けばいい」

いつも、修平の同じ手口でだまされる私を、母は歯がゆがっていた。

「あれで結構ありがたがっているのさ。修平の奴は」

母は私と弟のあいだを取りなそうと思っているらしかった。

「北大の学生を家庭教師に頼んで、受験勉強を見てもらう友だちが多いそうだから、……できるだけ、見てやるさ。自分のためにもなるし、……」

私は商船学校を一年で中途退学し、腹膜炎で病院通いをしているから、来年、中学へはいるにしても、二年という空白があって、修平と同じ一年生だった。

札幌一中と二中は補欠入学をあつかわないということであった。私は自分で教務課の人にあい、はっきりたしかめて、絶望していた。親きょうだいにも黙っていた。

私立の北海中学は、補欠入学もあるらしいが、四月の新学期を迎えた結果ということであった。これは札幌二中の教務課で教えられた。がっかりした私をはげましてくれたつもりらしいが、ちっともうれしくはなかった。

弟の修平が中学へはいる勉強の手助をして、私は自分の不運をまぎらそうと思っていた。

父は成田が借りた狸小路の事務所へ通って、皇族アルバムの売り込みをしながら、郷土史の企画をたてたりしていた。

僅かだが父の給料というものがはいって、母は落ちついた暮しをたのしんでいるようであった。

狸小路の事務所は、おもちゃ屋の二階の一室で、机の上の仕事は桂という、私たちと隣りあわせの長屋に住んでいる人が当っていた。

地方から郵送してくる申込金や月賦の金を扱うのが、桂のおもな役目であった。

私と修平が事務所へ顔を出すと、

「そばでもたべて帰りなさい」

と、桂は小遣をくれた。いつも、かけか盛りをたべるだけの銭で、桂の地味な人柄をあらわしていた。

成田も父も、ほとんど事務所にいることはなかった。

私は、勤めの合い間に、父がシモのところへ寄っているかもしれないなどとは思わなくなっていた。いつからか、はっきりしないが病気がなおって、助かると私が思いはじめた頃からであった。

父が私の病気をなおしてやろうと決心したらしい気持が、なんとなく伝わってきて、私は生きることだけを心掛けていた。

「元気になったじゃあないか。なおったら、また、商船学校へ戻るか」

私の気を引きたてるように父はたずねた。商船学校なら、二年に編入させてくれそうであった。いっしょにはいった仲間は一級上になるが、上級生は下級生にとって絶対なものという商船学校で、私が曾ての同級生に服従しなければならないことは耐えがたいことであった。

私は父に頼んで、札幌の中学を受けることにした。

「長い一生から見れば、学校の一年や二年、遅れても大したことはないさ。新しい友だちもできて、世の中へ出てから、いつか、意外な力になってくれるかもしれないよ」

アルバムの売り込みで、戸別訪問などをしているうちに、散ざんな目にあったらしい父の、薄よごれた悟でもあった。

私は大通にある時計台の市立図書館で、受験勉強をしながら、頭が疲れると文学書などを借り出しては読んだ。蔵書は少なかったが、秦豊吉の訳で『若きヱルテルの悲み』や、北原白秋の『思ひ出』、志賀直哉の『夜の光』などを読んで感動した。

私たちが生きている世の中よりも深くて、ほんとうのものが、すぐれた文学にあるという気がした。

私は受験参考書などは、そっちのけにして、小説類を読みあさるようになった。

弟の修平といっしょに札幌一中を受ける自信がなくなっていた。暗記ものなどを後まわしにしているうち、試験の日がせまって間にあいそうにもない。私は焼けになって、暗記ものの代りに『サアニン』や『マノン・レスコオ』などを読んでいた。うらぶれた気持で活字に眼をさらしながら、私は落ちつかなくなっていた。

弟の修平は札幌一中の入学試験をパスした。成績は六番であった。

「よかったな」

私は修平に言いながら、自分の立場を顧みて心細くなっていた。

病気も、ほとんど、なおってきたので、私は、働く口を見つけて働くつもりであった。

「兄ちゃん、やはり、学校へ行ったほうがいいよ」

修平は私の心を見すかしたように言った。

私は編入試験を受けて、北海中学の二年にはいった。志願者は十一名で、試験にパスしたのは三名であった。

私は新しく学帽は買ったが、制服は商船学校の着古しで間にあわせたので、袖口から、伸びた腕がはみだしていた。澱粉靴と私たちが言っていたゴム靴をはいた。

修平は、みな新調したが、札幌一中は庁立らしい厳格さが服装などにあらわれてもおり、それに修平は見え坊でもあった。

私の着古しの洋服は、修平にちょうどよかったが、いやだとことわった。年上のせいか、家の暮しの容易でないことが、手にとるようにわかるので、私は、いつも我慢しなければならなかった。

北海中学は落ちこぼれを拾いあつめる学校と言われていて、型にはめずに、伸びのびとやらせていた。服装なども、あまり、こだわらなかった。

私は北海中学へ歩いて通学したが、町外れの豊平川を渡ると間もなく畑のまん中にある木造の平家建てが校舎で、広い校庭は運動場以外は藪であった。

教室の窓硝子が破れたところは板を打ちつけ、殺風景な感じは土方の監獄部屋を思わせた。

私はB組で森という代数の教諭が担任であった。五分苅りの頭の形がジャガ芋に似ているので、「いも」という渾名がつけられていた。

「野呂栄太郎という北海中学はじまって以来の秀才を教えた」というのが、折に触れて森教諭の口にする自慢であった。のちになって、私は『日本資本主義発達史』を読んだが、それほど驚かなかった。森教諭に野呂栄太郎の秀才振りを叩きこまれていたからであった。

南部忠平がいつも運動場を、駆けまわったり、飛んだりしていた。陸上選手として、全国的に名が知られていた。

北海中学は、ふしぎな学校で、洋画グループの「どんぐり画会」から二科に入選するのが毎年の例になっていた。

私はA組の寺川と親しくなった。寺川は級長で、クラスでも目だつ存在だった。札幌駅前の五番館の真向いに伊藤組という土建屋の事務所があり、そこに寺川が住み込んでいた。伊藤組の隣は碌碌商会という金文字が大きな硝子窓に刷られた煉瓦建ての洋館だった。いつも、ひっそりして、この商会は、なにをやっているかわからないが、木造洋風の伊藤組の事務所は、人の出入りが多かった。

寺川から借りて、私は島田清次郎の『地上』と賀川豊彦の『死線を越えて』を読んだ。

寺川は伊藤組から金を出してもらい、部屋も提供されて、なに不自由なく勉学していた。大学の工学部を出て伊藤組に勤めるという義務があって、寺川が、これを負担に感じていることは、間もなくわかったが、私はうらやましくてならなかった。

白く塗った壁につけて、大きな本棚があったが、並んでいるのは、ほとんどが小説類であった。

「小説ばかり読んでいて、叱られないか」

私は手にした本のページをめくりながら、訊ねた。

「誰も、なんとも言わないよ。勝手に本屋から届けさせると会計が払ってくれるのさ。僕、できたら、小説家になりたい」

小説家になりたいという寺川の口もとを、私は見た。

「あきれたのかい、小説を書いてみたいと思わないかなあ、君は」

「僕が小説を読んで、すばらしいと思うのは、とても、書けないと考えるからさ。君のように、いい小説が読めたら、どんなにしあわせだろう」

私たちは、寺川の蔵書を読みあって、批評の真似事のようなことをした。あまり、長いあいだ話しつづけて、帰りが遅くなったりした。

A組とB組がいっしょになって、文芸雑誌を出そうと話が決ったのは、夏休みが終ったのちであった。

ガリ版刷で出す雑誌の費用は寺川が受け持つことになった。

謄写印刷器や用紙は事務所にあるから、労力の負担だけであった。

雑誌の題名は「クローバー」と決った。

長い小説でも、四百字詰めで十枚あまりで、学校で書く綴り方程度の二、三枚のもの以外は詩や短歌などであった。本名を出すことをきらってペンネームを使っている原稿もあった。

「これ、読んでみてくれ」

好きな女に読んでもらいたいような寺川の恋心を、あけすけに叩きつけた内容の作品であった。私は寺川の恋人は誰かわからないが、雑誌を届けて、相手に伝えようとしたたくらみが、すけて見えるのが欠点になっていると思った。

「ああ、そうか。純粋でないというんだね。この女性は、ほんとうは僕が頭でこしらえたものなのさ。君が確かにいると思ったら、成功したわけだな」

寺川は小鼻を、ひくひくさせた。得意なときの癖であった。

私も、やはり、好きな女を書いていた。

病気で死ぬかもしれないという不安を感じている少年が、かならず逢いにきてくれると思い込んだ相手の女を迎えに駅へ出掛ける話であった。好きな女は、まだ、子供を生まない前のシモであった。焼けた枕木をならべた柵の外から、少年は汽車をおりる客を眺めているが、どの汽車にもシモは乗っていない。この出迎の繰り返しは、少年が死ぬまで続くだろう。このような作品を書きながら、私は不覚にも幾度か落涙した。

私はシモをやす子という名にしたが、やす子を身代りにシモを想っていた。私は寺川のようには書けなかった。

私は、夜の食事をすましてから、寺川のところへ行き、いっしょにガリ版を切ったり、刷ったりした。表紙は色のついた画用紙を選んで、題字の「クローバー」を刷った輪郭を紫の絵の具で埋めた。

創刊号が出来あがるまで、私は一週間近く寺川の事務所へ通った。

出来あがったとき、寺川も私も興奮していた。

「通りを歩いてみないか」

私たちは「白樺」という喫茶店にはいり、コーヒーで乾杯した。

「白樺」は、五番館の側で、大通へ向って、少し歩いた並木道に面していた。

「小母さん、これ、僕たちの同人雑誌だが、店に置いてくれますか」

寺川は、この店の常連らしい感じであった。

「いいですとも。もっていらっしゃい。一部いくらなの」

「ただでいいんです。読んで戴きたいですからね。どうしても、お金をくださるなら、別ですが、……あす、お届けしますよ」

私が、うちへ持って帰る一冊を、マダムに見せながら、寺川は闊達に振舞っていた。

「クローバー」は担任の教師に配ったり、また、クラスの全員にも渡した。

まだ、余分があるので、希望者は申し出てほしいと休み時間に寺川が言った。

寺川が原紙を切った原稿の刷りあがりはきれいで、私の手にかかった作品は見おとりがするほどであった。私は習字の点はよかったが、平均に鉄筆へ力を加えるという技術が伴わないので、うまくは刷れなかった。

「寺川君に頼んだほうが得だ」

おどけた調子で、B組の針谷が言ったりした。

私の書いた作品を大谷女学校の生徒が賞めたという報告が、寺川から届いたりした。

大谷女学校は、北海中学と同じ私立で、浄土真宗の経営する女学校であった。なんとなく、親近感は持っていたが、その女学生が、なんという名かわからないのだから、眉つばものだと私は思っていた。

私は琴似のシモの店を探して、「クローバー」を郵便受に投げ込んでおきたいと考えたりした。


札幌の町中を創成川が流れていた。この川が町名の西東を分けていて、西一丁目、東一丁目というように数えられた。

創成川の川沿いの大きな造り酒屋が、私の住んでいる長屋の家主であった。

どこで狂ったか、家賃の支払が順延になって、月末を過ぎてから届けるようになった。家賃は月六円であった。

私は学校へ通う途中に家賃を届けるのだが、玄関の暗い、がらんとした老舗の玄関の、帳場格子におさまった番頭が、ニッケルの眼鏡越しに、じろりと私のほうをにらんだ。盲縞の半纏をきちんときた番頭に遅れた詫びを言いながら、通帳のあいだに紙幣をはさんだまま渡して、受取の印を貰った。

五円の月謝も、毎月のように滞り勝ちで、担任の森教諭が読みあげる未納者のなかに、決って私の名が出てきた。

父が成田や桂とやっている仕事は、月賦の入金が遅れ勝ちであったり、送って来ない人もでてきた。

旅費をつかって、集金に出掛けると赤字になることを読んで、意識的に払わない人たちがふえてきた。

新しい企画が軌道に乗れば、その売り込みの仕事といっしょに、焦げつきの回収もできるが、郷土史のほうは、まだ、問題があった。この仕事が、はじめて、つらいところに差しかかっていた。

私は急場しのぎに内職を探してきた。北海道の百人一首の歌留多の取札は、朴の木を薄く削った板でできている。紙の札でないから、勝負は荒っぽい感じになった。私は朴の木札に字を書く仕事を見つけてきたが、これには、とじた紙に書いた手本がついている。一組百枚で六十銭になった。季節が限られているので、割のよい内職だったが、出来の良し悪しで、金高がちがった。元締が上前をはねるのは当り前になっていた。

私は、いちばんの年下であったが、元締が目をかけてくれ、いつも一組六十銭であった。

道庁に出す届書の写しの手伝をして、二枚のカーボン紙をはさんで三枚を一度に写すと九銭になった。鉄筆を強く握るので、指にたこができた。

手あたり次第の内職だから、生活のめどは立つはずもなかった。

母に金を渡すと、急に元気がでるので、私はほっとした。

秋にはいって、私の背たけが、急に伸びた。制服の袖口に、黄いろな線が山形にはいっていたが、腕の上にあがってしまい、肘のあたりに山形が移行して、どこの中学の制服か、わからなくなった。級長になると、黄いろな線が二本になるので目だった。私は夏休みが終ってから級長になっていた。

桂が若い頃着た詰襟が出てきたが、背中が鼠に食いちぎられていた。

「背中の穴に継ぎをあてたら、吉平さんが着られるでしょう」

桂の妻は、継ぎ目にあてる羅紗の小切れといっしょに届けてくれた。

詰襟は古くなったせいか、羊羹色になっていた。小切れは、まだ、新しいので、黒ぐろと浮きたって見えた。

母に言われて、上着に手を通したが、腹のあたりが出ばっていたころのものらしく、ボタンをかけると前のほうが、だぶだぶであった。

私の母は考えたあげく、ボタンを斜につけた。ボタンが、まっすぐでないので上体がまがったように思われ、気持がわるくて仕方なかった。

小さな洋服で、締めつけられるような窮屈さがなくなっただけでも私はありがたかった。溷粉靴をはいた私の歩みは、おのずと早くなっていた。

「自分で変だと考えるほど、誰も注意して見ませんからね。小さなことをくよくよ思いわずらってもしようがないことですからね」

母は玄関を出る前に、私をたしなめた。

私が教室へはいると、早く来た五、六人が集って、ひそひそ話しあっていた。

「花田君、大へんなことが起きてしまった」

と、羽村が言った。羽村の家は林檎園を経営していて、学校から近かった。

寺川と前島の二人が学校に呼びだされて、古川教頭から事情をきかれているということであった。

前島はB組だから、私も教員室で、二人の側から、なにか、有利な証言をしたいと思った。そのためには、事件の全貌を知る必要があった。

羽村の家と古川教頭の一家は、親類同様の付きあいであった。

教頭から聞いたところでは、前島が大谷女学校の星けい子という生徒にラブ・レターを出したらしい。星けい子の母が、学校に来て前島の処分を要求したので、大騒ぎになったが、前島の手紙は寺川の代筆だというので、寺川も呼びだされたらしい。

羽村が聞いたときまでは、前島が星けい子を知らないそうだから、寺川のいたずらだろうと教頭が見ているふうである。

寺川には気の毒だが、前島は無実の決定が下されそうであった。

私は、教員室に入れてもらえるか、どうか、はっきりしないが、当って砕けるつもりであった。

「古川先生、お早うございます」

私が教員室へはいったとき、寺川と前島の二人の訊問は終っていた。

前島から、相手は誰でもいいから、自分の名前でラブ・レターを書いてくれと寺川は頼まれた。自分で書いたら、いいじゃあないかとすすめたら、前島は字がへただから、相手にされないだろうと言った。

寺川は文章にも書道にも自信があった。

「前島君、じゃあ、書いてやるから、相手の名前と住所を持って来いよ」

と前島に言った。

前島は従妹の通学している大谷女学校の文芸雑誌を寺川に届けて、

「この中から適当にやってくれ」

と、言った。寺川が星けい子の名を選んだのは、字面がきれいだったからで、ほかには理由がなかった。

寺川は、もちろん、星けい子を知ってはいない。

「寺川も前島も、ばかげて、間が抜けた生徒だが、良家の子女をさわがした罪から逃れることはできない。教員会議を開いて、話しあうことになるが、どのような結果が出るか、わからない」

古川教頭は、三人に語りかけるような形で私に事件の経過を教えた。

寺川が教室にもどらないので、私は朝礼にA組もいっしょに号令をかけることになった。

校長の「戸津さん」の愛称が「とっつぁん（父っつぁん）」で、とぼけた味があった。校長はゆっくりと高い台にのぼった。

私のところに順番がきて、私は二年A、B組に「気をつけ」「敬礼」の号礼を掛けてから、くるり向きなおって、「休め」と言った。

私は上着に伸した手をそえて、ボタンがまっすぐ見えるように心掛けていたが、不動の姿勢にはいったときから、私のボタンが斜にかしいだ。

ゆっくり、居たたまらない感じで、私のボタンが斜に傾いてゆくのを、私は思い描いていた。黒くて丸い背中の繕いあとは、私が回転する動作で、たくさんの同級生に披露することになった。

私の近くから笑いの小さな波がおこって、大きく拡って行った。元気な中学生の、どうしても避けられない健康な笑いであった。

笑いは自然におわり、戸津校長の、短い訓話があった。北海中学の生徒は、黄いろなたんぽぽの花で、どこにも咲いているから値打ちがないようだが、やがて、数がものをいうようになって来る。北中の生徒は、たんぽぽの黄いろな花なのだ。……

寺川と前島は罪にならないと思ったが、二人は五日間の停学処分を受けた。

「クローバー」は、休刊したほうがよいと担任教諭から言われた。

寺川は、人間が変ったように自堕落になった。

学校からの帰り道、私が寺川のところへ寄ったとき、まだ、寝床のなかにいた。閉めきった部屋に饐えたような臭いがよどんでいた。

私はカーテンを開き、窓を明け放った。

「どうしたのさ、寺川君」

口に出して、無意味な問い掛けになるのはわかっていた。停学処分を受けてから、寺川の休みが多くなったが、莫迦らしいと感じたせいらしい。

「恋文の代作をして、こんな目にあうくらいなら、自分が好きと思った女性に書いたほうがい い。それで退学されても諦めはつくよ」

寺川は処分をうけたのち、不平らしく私に言ったこともあった。

「君にも好きな人はいるんだろ。手紙を出したら、よろこんでくれるような、……」

私はシモのことを思い描いていた。

「こっちで思っても、向うが、どうか、わからない」

寺川は頼りなさそうに言った。

気落ちした寺川が、もとの姿に立ちかえる日を、私は心待ちにしていた。理由もなしに寺川が学校を休んだりすると、私は様子を見るために寄った。

「お下げに結った髪に牡丹いろのリボンをつけた女学生と、この頃、大通で、よく出あうんだ。ラブレターを差しだしたら、受け取ってくれたよ」

「名前がわかったのかい」

私も、独立基督教会のあたりで、その女学生を見たような気がした。袴の裾に黒い線が波形にうねっていた。これは北星女学校の印であった。北星女学校の女学生たちは、いろんな柄の長い袂のきものをきて、個性的な面を、はっきり出していた。ミッションスクールのせいか、どことなく日本人離れしたところがあった。

「北星だが、リボンが同じというだけで、同じ女学生か、どうか。宛名はわからないから、牡丹いろのリボンの君、と書いたのさ」

寺川は、寝床のうえに起きあがったまま、まぶしそうに私を見た。雨に打たれて、餌をあさっている鶏のような、うらぶれた感じが、寺川をみじめにしていた。

「牡丹いろのリボンの君から返事が来るといいね」

慰め顔に私は言ったものの、彼女からの便りが来るとは考えられなかった。寺川も、どれほ

ど期待できるかわからないらしく、

「だめなら、また、別の女性にラブレターを渡すさ。君もやってみろよ」

と、私に言った。

「この人がだめなら、別の相手に渡す、そんなのきらいだな。どんなことがあっても、僕は同じ女性で通すよ」

「できたら、それに越したことはないさ。誰だって、……」

思いあたると嫌になる過去へ足を踏み込んではならないと考えているらしい寺川の言葉が返ってきた。

寺川と別れて、帰りの道を歩きながら、なにか寺川の家にも事情があると思った。空を赤く焦して夕陽が沈んで行った。

私はシモに逢いたくなっていた。

姉から聞いたが、まだ、シモは琴似の小学校の前に文房具店を開いているだろうか。

山鼻と琴似は屯田兵が開拓した土地ということであった。

私の父は帯広を中心に農村へ皇族アルバムの販売に出掛けていた。

「きょうも、帯広から入金がありました。お父さん、がんばっているらしいですよ」

隣りあわせの長屋に住んでいる桂が、母と私たちに父の消息を知らせてくれたりした。

桂は実直な人柄なので、母は信頼していたが、夫が行き帰りにシモのところへ泊っているぐらいの勘は働かせていた。

父の口車にのせられて、桂が、そのまま報告したとしても、母はあと味がよいと思うらしかった。いつからか、父の言葉を母が信じていないと私は考えた。

「この日曜に寺川君と図書館へ行くことにした」

私は母に言ったが、シモのところを訪ねるつもりであった。

日曜日は小学校も休みなので、店のほうも隙だろうと思ったからであった。

琴似は、私のところから歩いても、じき着くような位置にあった。道端に高く聳えるポプラが白い葉裏を見せて、烈しく風音をたてていた。

琴似小学校は、すぐ、わかった。私は広い学校の運動場へはいり、片隅のアカシヤの並木に寄りかかって、気持を落ちつけようとした。

音楽室からオルガンのあたたかい音が響いてきた。日直の女教師がひいているらしいと私は思った。陽の当り加減で、校舎の、どの窓の硝子も、カットされた宝石のように、冷たく光っていた。

私が学校の門を出て、道路を斜めに眺めると、屋根のうえにあげた看板が目についた。がっちりした木の枠でかこんだブリキに白ペンキを塗った上から、赤いペンキで横書した「みなさんの文房具店」は、すっきりして、いやみがなかった。看板屋の仕事だが、私の父の知恵が働いているらしかった。シモの姓をつけずに、「みなさんの」と逃げたところに効果が出ていた。

私は、この文房具店に親しみを感じた。

店のなかへはいったとき、私は「ごめんください」と、言っていたようであった。入口の戸の車が錆ついたせいか、明けにくくなっていた。学校のある日は、店があけっぱなしになっているのだろう。

奥から出てきたシモは、じっと眼をこらして私のほうを見ていた。急に明るいところへ出て焦点が狂ったらしかった。「あッ」と、声をあげて、シモはきものの前をあわせて板の間に坐りながら、「吉平さん、よく来てくれましたね」と、涙声になった。

「シモに逢いたくて、……」

私は茶屋川へ訪ねて行ったが、父と小さな娘を見たので、逢わずに逃げ帰ったことをいうつもりだったが、言葉にならなかった。

大振りに結った日本髪のせいか、シモの顔は、ひとまわり小さくなったようであった。黄八丈のきものに黒繻子の帯を締めていた。

どたどたと足音をたてて、奥から女の子が出てきて、シモの厚い膝に乗った。私のほうを、ちらっと盗み見してから、おかっぱ頭の、その子は、

「どこのお兄ちゃん」

と、ませた口をきいた。いつも店先で遊んでいるせいか、ものおじしなかった。

「さち子、このお兄ちゃんはね、吉平さんって、いうのよ」

「そう、吉平さんって、いうの」

さち子は姉のツルと引き締った口もとだけでなく、釣りあがった目尻も、そっくりであった。気の強い女になりそうであった。

シモはさち子のおかっぱ頭を撫でながら、

「あなたのお母さんにも、みなさんにも、顔向けできません」

と、呟くように言った。シモは思いっきり、さち子を抱きすくめて、泣いた。

「お母さんの考えから、さち子は、あなたのお父さんとお母さんの子として出生届が出ています。吉平さんたちには、おとなになるまで、知らせない約束だったのですが、つい、気がゆるんで、……」

「姉が、どこで聞いたか、みな知っていて、きょう、訪ねたのも、この店のことを姉から聞かされていたからです。僕も、茶屋川で垣根越しに見ていたから、この子とは初対面じゃあない」

さち子の頬を私が軽く指先で突っつくと、けたけた声をあげて笑ってみせた。そのたびに、ふっくらと盛りあがったシモの胸のあたりが、ひとりでにはずんだ。シモの膝のうえで、さち子があばれるためであった。

戸籍の上では、さち子が、私と同じ母から生れた妹になっているとは、初めて知ったことであった。

「きょう、ここへ来たことは、誰も知らないのだから、……」

私は帰るつもりで、店の様子を眺めながら、こんな念の押しかたになった。

「わかっています。せっかく、いらしてくださったんですもの、ゆっくりなさってね」

文房具類のほかに絵本やおもちゃなども、細ごまと並べてあった。

私はシモに誘われて、奥の居間へはいった。北海中学にはいったことも、父から聞いているらしい。シモは、なにも、たずねたくない素振りを見せた。

「いつも、切りつめて暮しているんですもの、たまにはぜいたくさせていただくわ」

シモはひとり言のように言って、近くの食堂から、カツライスを取った。

「吉平さん、さあ、召しあがれ。このあたりでは、おいしい食べものの一つになっているのよ」

シモは、よく、しなる指先で、ナイフとフォークをあやつりながら、小さく肉を切りきざんで、小さな皿に、さち子の分を取りわけてやったりした。

「吉平さんにも、魚の骨を取ったり、肉を小さく切ったりして、食べいいようにしてあげたものよ。忘れたでしょうね」

私のなかの、かすかな記憶に残っている、シモの、きれいにしなる指の動きに見とれていた。

おなかがくちくなったさち子は、ねむくなったらしく、シモを相手に、駄だをこねていた。

「いつも、おりこうなのに、さち子は、どうしたんでしょうね。お兄ちゃんに笑われますよ」

と、言いながら、シモは部屋の隅に寝床を延べた。

「失礼して、さち子を昼寝させますからね」

肘でさち子の頭を支えながら、シモは横になって、ゆったりと両脚を投げだしたまま、なにか小声で歌っていた。ハミングなので、歌詞はわからないが、かなしいメロディーであった。シモの首筋から胸へかけての白い肌をつないで、身八つ口からほんの少しのぞいた白い肌、そして、小さな白い素足へと続いていた。

きものに覆われたシモの、ねっとりした白い肌を、私は旧い記憶をたどって浮彫にしていた。私は息ぐるしくなった。

シモと娘のさち子が、ひっそりと生きていて、たまに現われる父を待っているのだろう。そのときだけの親子三人の組みあわせを、シモは大切にしているらしかった。私は羨むというよりは嫉妬していた。

植物園の門限は、とっくに過ぎていた。

寺川に誘われて、私も、いっしょに行っていた。

どっしりしたエルムの木陰で、寺川は知りあったばかりの女学生と抱きあっていた。

見まわりに来る園丁を警戒するのが、私の役だが、ほとんど、その必要はなかった。

自然林を残して、アメリカなどからの苗木を植えたが、いまは昼なお暗い大樹林に育っていて、視界をさえぎるようにそびえていた。

五時の閉園だが、その近くになると、たがいに相手を求めて、若い人たちが衝動的にうろつきまわった。出口とは反対の方向の、奥深い木立ちの茂みに足を踏み入れたりした。

私と寺川は、かなり距離を置いて、相手を探し求めていた。

鼠の食い穴をつくろった上着をきて、出会いの恋人を拾うのは夢物語にすぎないと私は思っていた。

「ハンカチを拾ったことにして、うしろから声をかけ、それをきっかけにやってみるよ」

寺川は、ポケットから、刺繡したハンカチを取りだして、私に見せたりした。

背はひくいほうであったが、寺川は彫の深い、淋しい顔だちをしていた。小さい頤を、指先で抓みながら、考え事をした。

手品のハンカチのように使って、小ぶとりした女学生を手に入れた寺川は、まごついている私に見張りを頼んでいた。

私は歩きまわって、あたりに気をくばった。

きものの裾をたくしあげて、むっくりした腰を、男の膝にゆだねたまま、目をつぶっている一組が、突然、私の目の前にあらわれたりした。

たったまま抱きあって、接吻している若い恋人同士に出あったり、折りかさなって、小きざみに動きながら、呻いているおとなをのぞき見する結果にもなった。

頭に血がのぼっていた。私は、ほてった頬を両手でなでまわした。息ぐるしかった。

大きな羽音がして、野鳥が塒《ねぐら》へ戻ってくるらしかった。

私のからだが、みだらな想像でふくれあがり、まわりで、抱きあっている男や女たちよりも、汚れていると思われた。すっきりした気分になることが、こばまれているようであった。

「やあ、失敬」

寺川は少し照れたように言った。右手の指を、鼻に近づけて、匂いをかいでみて、うっすらと笑った。

「門から出るところを、たしかめてくれというんだ。門衛に叱られたら、助けてって頼まれたのさ」

「大門は締っているし、横のせまい潜戸から出ることになるな」

潜戸のそばに、さっきの女学生がいた。

「なに、もじもじしている。さあ、通りたまえ」

寺川は右手をさっと前へ出して、女学生を表てに通してから、門衛の詰所に、軽く頭を下げ、落ちついた足取りで歩きだしていた。

私は、こそ泥のようにそわそわして、逃げるように急いでいた。

寺川の自信は、知らない女学生を思うままにできたというところから、うまれたようであった。

「不良みたいに、袴の紐を長く垂らしていたろう。ズベ公と思ったが、あいつ、そうでもないのさ。だまって、いじらせたよ、大切なところなのにさ」

どうにでもして、と頼りきったふうに、その娘は振舞ったらしい。

「なんて、頼んだのさ」

喉がかわいて、私は上わずった声になった。

「なあ、いいだろって、言ったんだ。耳もとへ口をつけて、低い調子だったたな」

寺川の姿態が、相手の女学生と、どんな具合になっていたか、私は頭のなかで、組みたてたり、崩してみたりした。性器の縁りに届くばかりのところに寺川の指先はあったらしいが、私はたしかめようとは思わなかった。妄想の余韻のようなものに、私は身をまかせていたかった。

寺川と親しくなった女学生は、市立女学校の三年生で、小林順子といった。江別の生れなので、寄宿舎にはいっていた。

「手紙は舎監が開封して、読んだりするから、出さないでくれといってきた」

「どうして連絡するの」

「日曜は、ほとんど逢うから、そこで打ちあわせる。急用のときは、うちの事務所の電話を使っているんだ」

寺川は、停学処分になって、級長もやめさせられた。ガリ勉から解放されて、どことなく、のんびりと構えるようになった。順子とのあいだが、どれほど接近したか、わからないが、寺川は捉われなくて、味のある人間に変わりつつあると私は思った。

寺川と私は、いっしょに西田幾多郎の『善の研究』を読み、理解できないままの姿で、たがいに討論を続けたりした。

授業をさぼって、校庭の藪に寝ころびながら、行動ののちの思考や、思考ののちの行動など と言っても、それは多分に気質的なものだから、優劣のつけようがないなどと二人で論じあったりもした。

寺川は暗黙のうちに「行動ののちの思考」者を任じているようだったし、私は「思考ののちの行動」家と信じていた。

のちになって、私はジンメルの『ゲーテ論』を読み、ジンメルの分類法だったと気づいたが、この頃、寺川か私の、どちらかが読んだ、哲学論文に、どこかの大学の教授が書いていたのだろう。

女性を異性と思い、その存在を意識して、悩みわずらう思春期に、私たちは哲学の芽を育てようともしていた。ベルクソンの哲学に触れたのも、この頃であった。

日曜になると、私は寺川と順子のランデブーを思って、気が落ちつかなくなった。

地方へ出掛けないときは、父は心掛けて、家にいるようであった。

私の授業料も、毎月、遅れがちだったから、父がシモに渡すような余分な金はなさそうであった。

「店のあがりで、どうにか、毎月、やっています。こうなるまでは大へんだったんですがね。三年は赤字と思えと昔から言われておりますものね、場所がよかったんですよ。それに、妙な暮しで、近所付きあいもなし、むだな出費がありませんから」

シモは、父から生活費を引き出していないことを、私に知ってもらいたいふうであった。

さち子は、私のことを父に言わないらしい。聞いても、気にしないのが、父の考えらしくもあった。

図書館通いを理由に、日曜は、よく琴似へ出向いた。

「ああ、吉平さん」

シモは、私の靴音で、かなり遠くから気づくなどとも言った。

少し鼻にかかった、それなのに、よく、通るシモの声をきくと、胸のわだかまりが消えた。

私は寺川のことを話したりした。

「そうね、女の人を知れば、おとなっぽくなると言いますよ。昔は商家などで、番頭に話して、息子が十五、六になれば、遊廓などへ連れて行ってもらったそうですよ。世の中をわからせるためでしょうが、このなかの半分は、女ですもの。寺川さんは、きっと、頼られて、貫禄がついたのよ。吉平さんだって、そのうち、いい人ができます」

シモは、まだ、勉強中だから、子供ができたら、大へんだ、と寺川たちを案じているふうであった。これには、シモがさち子を生んだのちの苦しみがにじんでいた。

私がシモを好きだとわかっているくせにと、思ったが、シモは、ちっとも通じないように振舞っていた。

居間の隅で、さち子は昼寝をしていた。

低い枕をはずして、両手を投げだし、うわ向いたまま、すこやかな鼾をあげていた。

「吉平さんはおぶったり、だっこして育てたが、さち子は投げやりなの。このほうが、丈夫になる、と医者に言われたんじゃあないのよ。抱き癖がついて、泣かれてもこまるし、また、店番は、やはり、一人のほうがいいでしょ。小母ちゃんって、小学生たちが遊びに来て、板の間で遊んだりしたの。この頃は、さち子が、ひとりで店先に来て、遊び相手にしてもらっているけど、気が強いというか、泣いたりしません」

シモはさち子に薄い毛布をかけてやったりした。

「吉平さん、ここへいらっしゃい」

シモは、怒ったように頬のあたりをピクピクひっつらせていた。

「どうしたのさ」

私は照れて、シモの前に立ったまま、遠い昔に、きものをきせてもらった記憶を呼び戻していた。

シモは黙って、私のズボンのバンドをゆるめ、ボタンを、ひとつ、ひとつ、はずして、私の下半身を裸にした。猿股の紐をゆるめたシモは、縮んで垂れた陰茎を両手でもみながら、すぼめた口にくわえた。シモの口腔は熱を持っているらしい感じであった。からだをかがめて、膝を畳につけなければならないほど、私の持ちものは膨張してきた。

「眼をつぶって、……」

シモは、帯のあいだから取りだした、薄いゴムを、私の亀頭にかぶせて、くるくると根もとへ巻きおろした。

薄目をあけると、畳のうえに「ハート美人」と書いた、小さい四角な紙袋が落ちていた。

私のは包茎で、亀頭のほとんどが皮をかぶっていた。左側の皮が、大きく剝けているので、勃起すると、右側へ傾いた。私は便所のなかで、右側の皮を無理に剝こうとしたが、強い糊で張りつけたように離れなかった。ルーデサックをつけた、私の陰茎は右側へ曲がって、むっくりと立ちあがっていた。

「あお向けに寝てごらん」

私は、シモが押入から運んできた蒲団のうえに寝た。

儀式をいとなんでいる氏子のように、私はおごそかな気分になっていた。

シモは腰をおろしたまま、私のうえにまたがり、開いた裾を蒲団に丸く拡げて掛けながら、私の持ちものに左手をそえて、シモのなかへ、ゆるやかに押し込んでいた。

一瞬のことだが、シモと螢狩に行って、沼へ足をすべり込ませたときのことを、私は思いだしていた。足をぬこうとすれば、ねっとりと溝泥がまつわり付いて締めつけたのだった。

「下駄は、どうしても、抜き取れないから、あきらめよう」

と、シモは溝泥へ深く突っ込んだ手を、沼から、やっと引きだしていた。

私のからだのうえで、シモは、ゆるやかに腰をくねらせていた。私は、うっとりとした快感に、夢心地の状態であった。

包茎は敏感だが、痛さもつきまとうので、手術をしなければだめだと思いあきらめてもいた。包茎治療の広告が、その頃、新聞や雑誌を、にぎわしていた。

シモは、「ちっとも、あせることはないのよ。吉平さん」と言ったり、「好きなように動かしてみてもいいのよ」などと、私へささやいたりした。

時間は、どれほどか、はっきりしないが、長い接触のように思われた。

「誰か、来るかもしれない。戸に錠をかってくれないか」

私は、おびえたが、

「このほうがいいの。錠をしたら、かえってあやしまれるでしょう。誰かが来たら、私は、すっと出て行って相手をしてますから、吉平さんは、そのうちに身仕度すればいい」

と言って、シモは取りあおうともしなかった。

はじめて、私は性交したのちの射精をした。シモは塵紙をあてて、サックといっしょに取りながら拭ってくれた。虚脱したように、私はからだを投げだしたまま、立ちあがって、きものの前をなおしたシモの汗ばんだ顔を見あげた。

「どう、こんなものよ。吉平さん」

シモは、額にはりついた、ほつれ毛を撫でながら、気持をこめないで言った。

シモのような形を、花柳界では「昆布巻き」というらしいことを私が知ったのは、つい、二、三年前のことであった。


相手がひと言もいわなくても、ただ眼を見ただけで、その人の心の底をのぞくことができる。なにを、どのくらい求めているか、なにもかも嫌なのか、そのままでいいのか、私はわかるようになった。シモの、よく動くまなざしは、鋭敏に性本能と連動した。

父のみやげだろう、さち子が木製のおもちゃの車を引くと、乗っている小鳥は餌をついばむように顔をあげたり、さげたりした。赤と緑の彩色が、まだ、新しいせいか、けばけばしい感じであった。

「なにか変ったことがなかったか、ですって」

シモは、旅先から帰った父の、いつもの口癖が、別の意味に聞きとれたらしかった。不安そうにシモは目をつぶった。私も怯えていた。どうしようもない恐怖が、私の青臭い性欲を駆りたて、シモに向けて歩を運ばせた。

「ここにいるだけで、いいんだ」

私は、顔のにきびをつぶしていた。

「シモに、みな、まかせていればいいんです。吉平さん」

年上のシモは、腰のまわりに肉がついて、どっしりとたのもしい。シモと肉体的に結びついてから、私のみだらな目がシモの腰のあたりにそそがれがちであった。

「吉平さん、見ていますからね」

シモは背中に目があるように、うしろ向きのまま、私をたしなめたりした。異様な雰囲気でわかるらしい。

なにをいわれても、私は気にしなくなっていた。ずうずうしいのではなくて、シモを素直に受けいれたせいであった。

「そうね、しばらく遠ざかっていたほうがよいかもしれない」

シモはいってから、小首をかしげた。私の目の前を、黒い風のようなものが、す早く、よぎった。不吉な感じだった。

「見つかったっていいよ。そのときは、そのときさ」

私は投げやりな言葉を口にして、顔から血のひいてゆくのがわかった。

「吉平さん、口先きで偉そうなことをいってもだめよ。震えてるじゃあないの」

シモの腕のなかで、私はみじめな思いにかられた。

帯広方面の旅から父が戻ったとき、私は前とちがった、よそよそしい気持になっていた。

「お帰りなさい」

と挨拶しながら、私は父を受けつけない心の状態になっていた。父が琴似に寄って来たらしいシモやさち子の匂いを、私はかすかにかいだ。シモに逢いたくなっていた。私の前に立ちはだかった父を思い描いて、絶望的になった。父のうしろにシモはかくれて、どうしても、私は見ることができなかった。

「せっかく、来てくれたのに、吉平さん、このまま帰すより、しようがない」

シモは父から受けた愛撫に満ちたりたふうであった。

「僕は盗っ人だから、……盗っ人でも、こそどろなのさ」

私はみじめったらしい少年になっていた。

「なにをいうのよ、しっかりしてちょうだい、こそどろなんて、……大泥棒なのさ、吉平さんは」

シモは講談本で読んだ石川五右衛門を偉いと思うようなところがあった。無教養なために身につけた無垢な知恵といえた。私は、こんなシモが好きだった。

「大泥棒か」

私は救われた気持になった。

「いじいじした感じの顔を、吉平さんがしていたのよ、つい、さっきまで。大泥棒とわたしにいわれて、いい顔つきになったじゃあないの。どんなときでも、男はいじけてはだめね」

シモのふところへ私は手をいれようとした。シモは私の手をおさえて、ぴしっと打った。大きく響く割には当りが軟くて、痛さは感じられなかった。さち子は驚いて、私のほうを見た。

「お兄ちゃんの、この手がわるいのよ。おっぱいをとるんだって、……さち子のおっぱいなのにね」

さち子は、あわてて、シモの膝に乗った。私をさえぎる小さな敵が、ひとり現われた感じであった。

大泥棒にならなければ、どうしようもないと私は思った。

父たちの仕事は、際物出版なので、次ぎから次ぎと新しい企画が必要であった。企画を実現する資金も準備されなければならない。

父が思いついた地方史の写真帖は、せまい範囲なので、一冊あたりの価格が高く、欲しいと思っても、ちょっと手が出ないようであった。予約金を取る募集も考えたが、そのためには事業主の資本力が問題であった。

「許可制だし、資本が充分でないと無理ですな。予約金をねらう詐欺もあるわけだから」

予約出版を手掛けている業界仲間に父が相談したが、おもわしくなかった。

東京の名のある出版社で作ったものを、売り込むほうが、どう考えても無難であった。大きな儲けは望めないが、安定した収入を得ることができた。

皇族アルバムの外に、家元が弟子を目当ての高価な刊行物や、病院の応接間などにふさわしい画集というふうに、父は売り込みの種類をふやして、旅費や宿泊費の無駄をなくしようと心掛けていた。

見本を入れた父の鞄は大型になり、持ち運びも容易ではなかった。

長いあいだの仕来りで、いつも和服をきている父が、大きな鞄をさげて、下駄の音をたてながら、駅のフォームを駆けてゆく姿は、送って行った私を、いつも、わびしくさせた。

ほそい目をした父は列車が動きだすと、私のほうを見て煙ったように笑った。

「吉平、今度、お前の学校へも本の販売に出かけるつもりだが、どうかな」

「こまりますよ。親が物売りに来たと、もの笑いにされますからね」

「いいじゃあないか。皇族アルバムなら」

「学校の図書室には富貴堂がはいっています。指定の書店以外は無理でしょう」

私はいろんな理由をつけて、学校へ父が来ないようにした。

「吉平が、それほど嫌がるなら、あきらめるさ」

父は肩をおとして、私の言い分を通させたが、その頃は、まだ皇族アルバムだけであった。

見本用の鞄なども なかった。

まだ、行ったこともない旅先で、いろんな人に会い、出版物を売り込む父の仕事を、私は見たことはないが、その気苦労は想像できた。

父には相手を信用させる態度や、さわやかな弁舌があった。生得のものだが、それが旅まわりの商売に役だった。日清、日露の勝ち戦を体験した明治生れの人たちの、おめでたい楽観主義が底流にあって、たがいに支えあっていた。

隣り同士の桂と顔をつきあわせて、父はひそひそ相談したりした。経営が苦しいことは桂の表情にも出ていた。

「きっと、そのうち、大儲けをして、桂さんも妾を囲うようになりますよ」

父は底抜けの明るい声でわらった。桂は、私の母のほうを、ちらっと見て、

「そうお願いできたら、いいですがね」

と、言った。

シモを妾などと父は思っていないふうであった。

月末の父の給料が遅れたり、内金払になったりして、母の質屋通いが続いた。

「やっと楽な暮しができると思ったら、この始末だからね、一生、貧乏は続くらしいよ」

現金買でなく、まだ、帳面のきくころであった。月末払だから、少しは高くつくが、御用聞が頼んだ品物を届けて、月末には集金に来た。得意先の事情では内払も認めた。小売店は三十軒の得意先があれば、どうやら、成りたつといわれていた。

私の母は、月末になると、ひと晩かかって支払向けの金を割り振り、帳面のあいだにはさんで、掛取人を待った。

「今月は、これだけで勘弁してください」

母は掛取を相手にねばった。相互扶助のような雰囲気が、その頃の小売店と得意先のあいだにあった。

「兄ちゃん、これ、ほんものだろうか」

弟の修平が、金色にかがやく、小指の爪ほどの大きさの薄い板金を見せた。

読みふるしの雑誌に「金の塊進呈。三銭切手十枚同封のこと」という広告が出ているのを見て、修平が取り寄せたものであった。紙のように薄いが、純金らしく、きらきらと光った。薄い銅片に金めっきしたものだろう。

「これ、おっかさんにやれば、なにかの足しになるかと思ってさ」

修平は、私の手の中で、光りかがやく黄金を覗き込んでいた。

「金かもしれないな。おっかさん、きっと、よろこぶよ」

母思いの修平が、にせものを、純金にかえたような気もした。修平は二つ年下だが、世のなかの汚れを知らずに育っていた。末子のせいだろう。

小さな借家住まいなので、良いことも、わるいことも、自然に見聞きできた。修平も、母の苦労が身にしみていた。

私は修平にシモのことは秘密にしていた。中学の月謝も、修平は遅らせないようにと母に頼んでいた。

夜更けに私は眼をさました。まるい縁をくくったような金魚鉢の、藻のあいだに横向きになって金魚が死んでいた。生き残った二匹も、息苦しそうに、丸い口をゆっくりと開いては閉じた。水が少ないために酸素が欠乏したらしい。盥のなかに入れたら、生きかえりそうであった。

台所へ行く部屋が父と母の寝間になっていた。私は金魚鉢を持ったまま、襖の前にたった。シモと関係ができないうちは、平気で襖をあけ、台所へ水を飲みにはいったりしたが、私はなんとなく聞き耳をたて、なかの様子を探っていた。いやな人間になったという自己嫌悪にかられたが、私は、やはり、おとなになったのだ。

「お前が、いちばん、いいって、いってるじゃあないか」

父の、押えのきいた声が聞えてきた。なにか、口籠ったふうな母の言葉の内容はわからないが、満ちたりた響きが感じられた。

シモのことが父と母の話題になったらしい。中学生の私たちと同じような、子供っぽい口争いをして、二人は性欲をけしかけているようであった。おとなの男と女が莫迦らしく思えたり、遣りきれない存在に見えたりした。

豆電気の光りで薄明るい部屋に坐り込んで、隣りの寝間が静かになるのを、私は待ち望んでいた。

処どころ、根太の落ちた部屋の畳は波を打って、寝間の震動を、劇しく伝えてきた。畳のうえの硝子の金魚鉢から、水が揺れこぼれた。

金魚は助からないかもしれないと心配しながら、私は残酷なことをしていた。二匹の金魚を握り締めて圧力を加えると、私の手のなかで、もだえ苦しむのがわかった。私は金魚を握ったり、ゆるめたりしながら、ぬるぬるした肌触りに、性的な快感を味わっていた。

死んだ金魚を硝子の鉢へ戻して、私は寝床へはいったが、頭が冴えて明け方まで起きていた。シモがさち子といっしょに、かすかな寝息をたてて、おだやかに眠っているだろうと私は思ったりした。

少し早めに家を出て、寺川を誘い、いっしょに学校へ行こうと私は思っていた。

寺川は小林順子に熱をあげ、私がシモに深い関係を結んでから、どちらからともなく、遠のいた感じになっていた。

寺川は順子を、ひとりで考え、たのしむために孤独を選んでいるらしいが、私の場合は、誰にも知られたくない秘密のせいであった。それに、シモとのことは後ろ暗い罪の意識があった。

「寺川さんが迎えに見えたよ、吉っちゃん」

表てに水をまいていた母に呼ばれたとき、こっちで考えているときは、向うでも同じことを思っているものだと思った。

「どうしたの、寺川君、こっちが寄るつもりだったのに、……」

「急に逢いたくなってさ」

寺川は、寝不足らしい、疲れた感じであった。

「行ってまいります」

寺川は私の母に挨拶してから、肩からさげた鞄をずりあげた。寺川は教科書やノートのほかに、参考書なども、いっしょに持ち歩いていた。

「順子がさ、妊娠したらしいんだ。まだ、メンスがないんだって。これまでも、日が狂ったことはあるらしいが、今度は、とっくに予定日が過ぎたというし、……」

道庁脇のエルムの大樹を過ぎたばかりであった。寺川は思いつめていて、早く私に話したい衝動にかられたようであった。

私は、女性の生理について、ほとんど無知であった。

「なにか、産まない方法でも、やってたの」

シモがかぶせてくれたサックのことを私は思いだしていた。

「ルーデサックでも使ったらと考えたが、中学生には売ってくれそうもないし、それに、ルーデサックは見たこともないのさ。順子が奥のほうへ、丈夫な日本紙を押し込んで、子宮の口をふさいでいたが、それがずれたらしい」

寺川は、いつもとちがって、子供っぽい感じであった。

「そう簡単に妊娠するものだろうか。寺川君、順子さんを医者にみせたら、どうだろう。婦人病かもしれないよ」

「診断で妊娠ときまっても、どうなるわけでないし、……堕胎は罪になるから、こっそり、どこかの産院で産みおとすということになる」

順子から打ち明けられて、寺川は途方にくれているらしかった。

伊藤組に知れたら、学校へ行くこともできないと寺川は思っていた。

寺川は、まだ、中学の二年で、高等小学を終えていたから、数えの十八であった。

「順子は、江別へ帰るくらいなら、死んだほうがいいって、……いなかは口うるさいからなあ、むりはないさ」

「僕も、できるだけ早く、しっかりした人の意見をきいて、君のところへ届けるよ。短気なことをしないように、順子さんに君から、よく、いうんだね」

私はシモに相談してみようと思っていた。


父が札幌の事務所にいるときは、シモを訪ねる日を日曜か祭日にしていた。

日曜日を父は家庭の奉仕に当てていた。

シモがショーウィンドーのなかに、売りものの「家族合せ」を入れて、父が来ていることを知らせる合図にしていた。

私は日曜でも、ショーウィンドーを覗いてみることにしていた。

「家族合せ」は、シモの考えだが、痛烈な皮肉を内蔵しているようであった。

「頭のわるい、わたしの考えたことですもの」

シモは笑いにまぎらせた。

私は、謎をふくんだ、消えそうなシモの薄い笑いが、好きであった。

「どうしましたの、吉平さん」

夕暮時に訪ねた私を、シモは、ふしぎそうに見た。学校からの帰り、うちへ寄らずに訪ねたのであった。

「さち子は、どうしたの」

私は、ズックの鞄を、板の間に投げだしながら尋ねた。

「かあいがってくれてる近所の娘さんが、遊びに連れて行ったところよ」

襷をかけたシモの袖口から、匂うような、しっとりした腕が、むきだしになっていた。店先の拭き掃除が終ったところであった。

居間へ通った私は、立ったまま、シモに抱きついた。

「吉平さんたら、仕様のない人ね」畳のうえにシモは崩れるように倒れた。

「ちょっと、待って」

シモは戸袋の奥の小箱から引きだしたサックを私にかぶせながら、

「いいこと、ほんとうに好きな人があらわれるまで、これを使ったほうがいいわ。わるい病気にもかからないし、……」

と言った。

私はシモの陰部に、じかに接触できないもどかしさを感じて、指先でいじったりした。

「ああ、……」

鼻にかかった声をあげて、吐息をもらしながら、シモはからだをくねらせた。

シモは熟練工のように手順よく動いて、冷静に、終末へ近づいてゆくらしかった。私はシモにまかせて、言いなりになっていた。

「順子さんが、まだ、子供だったから、しくじったのさ」

「順子さんって、誰のことよ」

シモは、私の胸ぐらを取って、問いつめた。

「いつか、話したろう、寺川君のことをさ、順子さんという恋人ができて、おとなっぽくなったって。順子さんが妊娠したらしいんだ。寺川君に相談されて、シモなら、わかると思って」

「まさか、わたしとのことは話していないでしょうね。寺川さんに、……」

「こんなことになるなら、寺川君に話しておけばよかったのさ。偉そうに見えても、やはり、子供なのさ。シモのように年上の人とやればよかった。どうにも、心配で、勉強も手につかないらしい」

私は、シモの返事を待った。

「順子さんを、ここへ寄越しなさい。シモが相談相手になって、なんとかします。神経がいらいらして、月のものが狂うこともありますからね。医者にも連れて行ってあげますよ。順子さんという女学生の気持、わたし、手にとるようにわかるの」

シモの目から涙があふれ落ちた。さち子をみごもったときの苦しみを思いだしているふうであった。

私はシモに復讐されているような気もした。

順子がシモのところへ顔を出したと寺川から聞いて、私は琴似へ出掛けなかった。

「寺川君は、琴似へ行ってみたの。順子さんが心ぼそがっているだろうな」

「寄宿舎に帰ったら連絡するから、逢いに来ないでと順子がいうもんだから。君にすまないが、あまえさせてもらっているのさ」

学校からの帰り、決ったように、私は寺川のところへ寄った。

寺川が書店から買ってきた『家庭医療百科』という厚い本や、『人体解剖図鑑』などを頼りに、私たちは妊娠ということを調べた。精虫が酸性に弱いということも、二人ははじめて知った。

「どうだろう、膣のなかに梅干を挿入してみたら、……」

私は言ってみた。考えただけで、口のなかに唾がたまってきた。

「ひりひりして、いたがらないだろうか。膣のなかが燃えたようになって、ねっとり、はればったくなるかもしれないなあ」

サックをつかわず、じかに膣粘膜に触れた人の、たしかな感じが、寺川の言葉にはあった。

「男が思うよりも膣粘膜は丈夫にできていて、鈍感なところもあると、どこかに書いてあったよ。性感度はにぶるが、ルーデサックの使用が有効らしい」

寺川と私は、本から拾った、珍しい術語を使ったりして、相手に妊娠させずに交接する方法を、探しだそうとしていた。若い順子の心の痛みなどには思いもおよばなかった。

父は寝ぐるしい夜が続いているようであった。資本導入を考えているらしいが、簡単に話に乗ってくる相手がなかった。

冬を迎える前の燃料の買い入れや、野菜の漬け込みなどで、大人たちは、いそがしく振舞うころになっていた。

冬眠にはいる熊のように、北国の人たちは大事な栄養のたくわえにかかっていた。当てにならない事業のために資金をまき散らすような人はいなかった。

父は追いつめられたように帰りが早くなった。

隣りの桂のところは、いつも、判でおしたような暮しであった。景気がわるくなっても、うろたえるようなところがなかった。

父は心配をまぎらすために、母のからだを執拗に求めているらしかった。

電燈の下で繕いものをする母を、寝床のなかから父が呼びたてたりした。

「お父さんがうるさくて、靴下をかがるひまもない」

母は小言をいいながら、寝間へはいったが、そのまま居間へ戻らなかった。

父がたおれたという知らせがあったとき、私は学校から帰っていた。

自転車に乗った使いの人を捉えて、

「どこでたおれたのですか」

と、母は訊ねた。

「事務所ですよ」

返事を聞いて、ほっとしたように母は私を見た。

「うん」

私は母に答えながら、澱粉靴をはいていた。琴似で父がたおれていたらと私も思ったりした。家を出てから、私は、狸小路の事務所まで駆けつづけた。息が切れて、街路樹にもたれながら、休んだりした。先方へ着くまでは、父の生死がわからないもどかしさがあった。倒れたと聞いたとき、はっきり、たしかめたいと思ったが、最悪の場合を考えて、そのまま、私は飛びだしたのであった。

「吉平さんか、早かったね」

桂がしゃがみ込んだ床に、父はあおむけに倒れて寝息をたてていた。

「電話をかけている途中で、ひっくりかえったものですから、感電したか心配で、医者が来るまで、そのまま手を触れなかったんです」

脳卒中ということであった。動かしては危険なので、そのまま、病人は寝せておくことになった。

二階は貸事務所だが、階下は勧工場風に、おもちゃ屋や模型飛行機などの店が入り混んでいた。店から新しい毛布を持ってきて、寝ている父にきせかけてくれる人もいた。

母は桂の妻といっしょに来た。見舞をいってくれる人の顔も、ほとんど知らないから、途方にくれた母は頭をさげてばかりいた。

夜になって、父は家へ運ばれることになった。思ったよりも、症状は軽かったが、左半身の不随であった。

「ツルにも知らせねば、……電報で、びっくりさせるより、手紙にしたほうがよい」

突然、湧いた不幸に、母はたちむかうように言った。

当分のあいだ、私は学校を休むことにした。寺川から担任の教師に連絡してもらうために、私は伊藤組の事務所を訪ねた。

「大へんなことになったね、ここへも頼んで、道庁へ出す願書の謄写などを出させるようにするよ。順子は、なんでもなかったそうだ。医者にも掛けてくれたらしい」

寺川は、シモの好意をありがたがって、お礼に出掛けたいなどと言った。

「そのままでいいと思うよ。順子さん、元気か」

私は寺川のところから、まっすぐ琴似へ行き、父がたおれたことをシモに知らせることにした。

空には、かさをかぶった月が、ぼんやりと見えた。

雪虫が私の顔に当ったようであったが、ぱらつく雨であった。雨はみぞれにかわる気配を見せていた。

父は寝床に起きあがって、茶碗に盛った粥を匙ですくい、ひとりで口へ運べるようになった。高速度で撮影した画面のように、その仕草は鈍いが、右手で匙をあつかうのをたのしんでいた。血のめぐりがわるい、不自由な左手は冷えるので、手袋をはめていた。

「お父さん、おいしいかい」

皿の煮魚をくずして、母は箸にはさんで父の口へいれてやったりした。

感覚が麻痺した左の口から、たらたら涎がたれた。

「泣き中風というのでしょうな。涙がでますから。笑い中風にかかると、笑ってばかりいます。泣き中風だから泣くので、悲しみとは無関係です」

往診の医師は、開業医らしい、どうでもいいような説明をした。鉄瓶から湯気があがったり、戸があいたり、締ったりするような、なんでも、動くものに敏感で、揺れ動くものが、父の涙を誘うらしかった。

私は気をくばって、病室になった父と母の寝間が、ひっそりと静かな状態を持続するように心掛けた。病人自身が動くことは、なんでもないらしく、涙をながすこともなかった。

「おとなの赤ん坊だ」

弟の修平が、枕もとにすわって、父の世話をしながら、私に話しかけた。

「人間なんて、たあいのないものさ。ちょっとしたことで、こわれてしまうんだ」

父がたおれたとシモに私が知らせに行ったとき、「どうしたの、いまごろ」と、言って、シモは柱時計を見あげた。

「びっくりするんじゃあないよ。これから、話すからね」

シモの顔色は、紙のように、かさかさした白さに変った。

「吉平さんのこと、それとも、お父さんのこと」

シモは首をかしげて、私に言いながら、店先の板の間に倒れた。いつも、外からの知らせは、みな、凶と思っているらしかった。

「父が事務所でたおれたんだ。脳卒中で、左半身不随なの。シモに早くおしえたくて、抜けてきたのさ。いのちに別状ないそうだが、長引くだろうな」

「ありがとう」と、シモは私に礼を言ってから、「あのひと、倒れた場所が事務所でよかった」と、思わず、口に出していた。シモがシモに言いきかせて、自分のみじめな立場を踏みかためようとしているらしかった。

シモが「あのひと」というとき、私の父を、やわらかく包み込むような、優しい響があった。

「あのひと」とシモとさち子の三人が、家庭的な雰囲気をもって、私の胸にせまってきた。

修平は、父とシモのことは、なにも知らなかった。すんなりと病人の父を見ることができる修平とちがって、私には悪いことをした怖れから来る、ぎごちなさがあった。

私は琴似へ出掛けて、父の病状を報告したが、事務的になった。シモが警戒して、なんとなく私を寄せつけない素振りを示すようにもなっていた。

同級生の針谷が、ひと番いのアンゴラ兎を持って慰問にきた。

私は学校を休んで、謄写の原紙を切る内職をしていた。

「寺川君から聞いたが大へんなんだってね、アンゴラ兎でもふやして売ったら、いい収入になると思って、……」

ボールの空箱に入れた兎が、あけた空気穴から見えた。

「ありがとう。僕は内職探しで出歩くから、弟に飼わせるよ。なにを、たべさせたら、いいの」

「なんでも、たべるけどさ、葉っぱがないと病気にかかるよ。八百屋で捨てるようなところを貰ってくればいいのさ」

針谷は、事もなげにいうが、弟の修平は気働きがなくて、それに頼み込むようなことはきらいであった。

冬にむかって、生ま野菜が不自由になるころであった。たまに家で食べる肉が兎の肉になっていた。骨といっしょに磨り潰した肉を、団子のようにかためたもので、牛肉や豚肉とちがって淡い味がした。値がやすいので、貧しい家の食卓をにぎわしたが、これはアンゴラ兎の毛を採ったあとの肉であった。

「アンゴラ兎は、どんどん、ふえるからね。そのうち、育ったら、僕のところといっしょに売ってあげるよ。仲買人はずるいから、……」

面長で、女のような針谷は、学校では、あまり私と話しあったことがなかった。はっきり、わからないが、あまり、しあわせでない家庭に、針谷は育ったらしい。不幸になった私を仲間に迎えたような、針谷の、暖い心づかいが伝わってきた。

アンゴラ兎を飼う、金網をはった木の箱を持って来て呉れると針谷は言った。

土のうえにおろされた兎は、あっちへ跳んだり、こっちへはねたりした。


函館の姉のところから、母にあてた、父の病気見舞の手紙がきた。

私が謄写の仕事で、寺川のいる伊藤組の事務所へ出掛けて留守だったが、姉の手紙に同封されていた郵便為替を取りに母は郵便局へ行っていた。

隣りの桂の妻が父の枕もとに坐っていた。

「函館のお姉さんから、看病に帰らないといってきたそうです」

「ああ、そうですか。急に、どうなるという病人でありませんからね」

私は鉄筆をにぎって出来た肼を気にしていた。

「おっかさんも、大へんでしょうよ。決った日に給料も出なくなりましたからね。うちの人も、そのうち、つぶれるかもしれないと暗い顔をしていますよ。不景気ですからねえ」

桂の妻は、なんでもしゃべって、気持を楽にしたがっているふうであった。

私は病人に障るのではなかろうかと父の顔をのぞきこんだが、なんの反応も示さなかった。生活から離れた、無関心ではなく、頭脳の働きがにぶったせいらしい。

「ツルが、なにもかも、掻きあつめたらしく、三十銭の端数までついた見舞金を送ってくれたよ。汽車賃も、もったいないから、帰らないそうだよ」

気の強い母は涙声になっていた。

私の内職などは知れたものだが、姉が和裁でもらう金も、少ないはずであった。姉から送ってきた為替を、早く現金化しなければならないほど、金につまっているらしい。質草も、尽きたようであった。

小さいときから、私は母と苦労を、ひとつにしてきたつもりだったが、貧乏の芯まではわからなかった。

学校は当分休む気でいたが、病人をかかえた、わが家の暮し向きは、そんな悠長なものではなかった。

急場を救うために針谷が持ってきてくれた仕事は、かなりの稼ぎになるはずであった。冬が近づいて、毎年おこなわれるストーブ展示即売会の臨時宣伝員であった。

「札幌でも、即売会があったらしいんだ。札幌は顔見知りも多いが、小樽でやるそうだから、ちょうど、いいと思ってね。君の話をしたのさ」

半月ほど、小樽にいて、泊り込みで仕事を続けるとのことであった。

日給制だが、半分は前渡しであった。

私は母に相談するまでもなく、針谷に頼んでしまった。

「ストーブを売りさばいている元締を、こちらへ伺せます。いい人たちだし、父との知りあいですから、安心してください」

針谷は母に話してから、私に少し、学校の様子を説明して引揚げた。

私は、SS商会という販売会社の人たちといっしょに小樽へ行った。

妙見川に面した周旋屋が根城で、そこで寝起きしながら、展示場へ出掛けた。

妙見川の川べりに、新しいストーブが並んで、実演していた。

SS商会があつかう新製品は、煙突につながるストーブからの曲りに特長があった。曲りが薄手の鋳物で、鉄板で作ったストーブに、固定されていた。曲った鋳物の外側に丸く、小さな穴が二つあいていて、これが無煙ストーブの仕掛になっていた。

煙突は、どのストーブも、決ったように一メートル半ほどの長さで、それぞれ、黒い煙や白い煙をあげているが、私のところのストーブは、煙突の先きから、のどかな、かげろうがたっていた。

「これが評判の無煙ストーブか」

私のまわりは、いつも、見物人で、いっぱいになった。

薪から石炭に切りかえる家庭が多くなって、石炭ストーブは煙突掃除が大へんなので、無煙化が研究の対象になっていた。

ストーブに石炭を投げこむとき、さらっとひろがるように薄くかけないと、短時間だが、黒い煙が煙突から出ることがあって、弥次馬連にひやかされたりした。

「このストーブは加工できる範囲で、いちばん厚い三番鉄を使用しております」

三番鉄という鉄板は、どういうものなのか、はっきりと私が意味を捉えているわけではなかった。教わったとおりの口上を述べていたのであった。

「あんちゃん、ストーブのうえにあがってみな」

取り巻いて、私の呼びかけを聞いていた老人から声がかかった。

私は「あいよ」と気軽に返事をすると同時に、まっかに焼けているストーブへ飛びあがると、下駄の歯の形にくぼんで、失笑をかったりした。私は、セーターにズボンの身軽な姿で、下駄をはいていた。

夕方早めに妙見川から引きあげて、宿舎の稲葉という周旋屋へ帰る途中、色町の女と出あったりした。

私は参考書をひらいて、教科書の勉強をしたが、SS商会の人たちは銭湯に出掛けた足を、そのまま、飲屋へのばすようであった。

稲葉は、小柄だが、でっぷりした男で、額には親指を押し込んだぐらいの窪みがあった。喧嘩の疵痕のようであった。

職を求めて来る家出人をだまして、奥地の監獄部屋へ売りとばすのが、稲葉の隠された本業であるらしい。そんなときは大金がはいるのか、仕出し屋から料理を取ったりして、妻を相手に酒を飲んでいた。

私は、この家に頼んで、いっしょの食事をしていた。そのほうが安あがりで、また、時間をむだにしないですむと考えたからであった。

稲葉は酒がはいると陽気になり、妻の安子を膝に抱きあげたりした。濃い髯を安子の頬にすりつけて、

「よしなさいよ、生徒さんの前で」

と、きんきんした声をあげさせて、稲葉は機嫌がよかった。安子の赤い腰巻から白い脚が出ていることもあった。私は顔をあからめて下を向いた。安子は子供をうまないせいか、むだな肉がなく、涼しそうに見えた。色っぽさよりも、若わかしい、健やかさが感じられた。

私たちは、昼のあいだ、店に使っている、上りっぱなの部屋に寝ていた。衝立が間仕切になっていて、小さな家をじょうずに生かしていた。

奥のところが、稲葉夫婦の寝所になっていて、衝立越しに、荒くれた人夫が泊り込んで、仕

事先きを待ちながら、ばくちをやっていることもあった。

夜が更けても、私は寝つかれないこともあった。

無煙ストーブは売れゆきがよかった。ストーブを運んで、煙突をつけたりする人たちの手がまわらないほどであった。

急に雪が降って、ストーブに石炭がたかれるようになった。

展示会が開かれて、五日ぐらい過ぎてから、私は宣伝主任に呼ばれて、いっしょに川の洗場に行った。

街燈が、川へ突き出た洗場のあたりを、ぼんやり照らしていた。

「おれが見張りをしているから、洗場に置いてある煙突の、べとつく煤を、ていねいに洗いおとしてくれ」

私は荒縄をまきつけた棒を突っこんで、煙突の掃除をした。煙管の羅宇につまった脂のように、べっとりと煤がついていた。

二つの穴を明けた曲りで、完全燃焼をすると私は説明して、手にした、ほそい金の棒で、煙突の先きを指差したが、煙突のなかでは、煤でない、べたつく脂を作っていたことになる。これでは、詐欺の片棒をかついでいるではないかと、私は、思わず口走るところであった。

夜更けの町を、時折とおる下駄の音が、川面に反響して、私の耳をおどろかした。

「寒気がきびしくなって、大へんなことになりそうだぞ」

主任は、いっしょに川から戻る私に言った。

「無煙ではないんですか。煙が脂に変るなら、ストーブを買った人は、大へんですね」

私は返事を待ったが、主任は口をつぐんだままであった。


翌日、私は浮かぬ顔をして、無煙ストーブの宣伝口上を述べていた。

稲葉のところから、火種をもらって、ストーブをあたためるため、私は誰よりも先きに妙見川の展示場に行くのだが、人集めの準備ができても、主任たちは姿を見せなかった。

私は、みなで会議をやっているのだろうと思っていた。

「こっちの遣りかたがわるいのか、煙突の継目から、脂が噴きだして、畳をよごして仕様がないのさ。早く、誰か、見に来ておくれ」

所番地と家の名を言って、中年の女が帰ったあとに、主任たちが顔を出した。

「ここにいてもしようがないよ。ただ、文句をきくだけだからな。どこかで遊んでおいで」

主任は、私の手に五十銭玉を握らせた。

「おれが代って、言いわけするから、なにも、心配することはないよ」

私は軽く頭をさげて、とにかく、稲葉のところへ帰った。

口入屋と書いた紺の暖簾をさげた稲葉の家の前で、二匹の犬がつるんでいた。尻でつながったまま、白い犬のうしろ肢が浮いて、黒と白のぶちに引きづられていた。舌をだらりと垂れて、どちらも、つまらなそうに、白い息を吐いていた。

大きなからだのぶち犬が離れようともがけば、濡れた赤い棒の一部分が、少しばかり、あらわれて、また、白い犬の穴へ呑みこまれたりした。

私は交尾している犬の近くを突っ切って、暖簾をくぐることができなかった。早く、終るのを、私は待ちながら、眺めていた。

暖簾のあいだから、襷掛けの安子が出てきて、バケツ一杯の水を犬へ叩きつけたとき、勢いあまった飛沫を、私も、いっしょに浴びていた。

「しようのない畜生め」

興奮した安子は、子供のような眼をきらきら輝かしていた。

「ああ、いい気味だ」

台所から、乾いた手拭を、私のほうへ投げてよこした。

さばさばした、いい気性の小母さんだと思いながら、私はからだにかかった水を拭った。

「なにか、あったらしいじゃあないか。こう見たとこ、そちらさんは、なにも知らないようだが、早く足を洗ったほうがいいよ。あの人たちは、まやかしを商売にして、世の中を渡っているんだから、それは、それでいいのさ」

安子は、私のほうに首筋を見せながら、誰もいない奥にむかって話しかけるように言った。

「僕は、この仕事で、半分の前金をもらっています。みな、親切にしてくれました。僕ひとり、逃げて、迷惑かけるのは、どうかと思いますよ」

私は、主任の帰りを待って、それからのことにしようと考えていた。

「誰か警察に訴えたら、いっしょに詐欺でひっくくられるよ。なにも、小さい兄ちゃんまで、その目にあうことはないよ。旅費は、わたしがあげるから、すぐ、お帰りよ」

安子は、小さな熨斗袋にいれた紙幣を、私の手に握らせて、

「うちのおやじさんが戻ってきたら、どうなるか、わからない。早くお逃げよ」

と言った。

私の身のまわりの物は、風呂敷包ひとつにおさまるから、引揚げるのは簡単であった。

「すみません、あとはよろしくお願いします」

港町の塩の匂いが、ほのかにただよって来るような通りを、私は駅のほうへむかって歩きだしていた。

針谷の父が、香具師の親分とわかったのは、中学を出たのちのことであった。

逃げ帰った私が、誰からも、おどかされずに済んだのは、針谷の顔で頼んだからであろう。

父の病気がなおって、新しい勤めを探していたころ、私の生れ故郷の小学校に、代用教員の口があった。数えの十七歳だが、どうやら、私は採用されそうであった。本家の世話になって、月給をおくることができたら、函館の姉からの、毎月の仕送りとあわせて、どうにか、札幌の

生活ができそうであった。
私は中学を、一年休学して、再び勉強に専念するつもりであった。
内職のために学校をやすむことが多くて、成績も、思わしくなくなっていた。
月給は三十三円だが、本家では、私を、ただ、置いて、私の給料を親もとへ送らせるという
ことにした。分家の世話をするなら、なるべく合理的に、あまり、負担がかからない方法にし
たいのが、本家の肚であった。
この頃、私は、あまり札幌の町を出歩かなくなっていた。
休んでばかりいるので、道であった友だちから、どうしたのかと難詰されたり、また、おも
しろい話の種にされるのが、私としては、いやになっていた。
誰に話しても、解決できない経済問題を、第三者に話してみる気もしなかった。
私は、担任の森先生に頼んで、復学できるか、どうか、はっきりしたいと思って、学校を訪
ねた。森先生は教頭の古川先生にあわせてくれた。
「校長先生に、君のことを話したら、学年末の試験が受かったら、そのまま、みなといっしょ
に四年へ進級させてもよいと言われた。森先生が、通信教授で、君の勉強をみてやるというん
でね。森先生の熱意に動かされて、つい、戸津校長にお願いしてみたのさ」
私は、思わぬことがはじまっているので、どうしたらいいかわからない戸惑を感じた。あま
りにも、北海中学が、貧しい生徒に親切すぎると思われた。

国縫へ出発するまえに、私はシモと逢うことにした。

「あの小学校で教えるんですか。シモも、いっしょに行きたいと思いますが、こんな境遇になって、誰ともお逢いできませんものね。吉平さんが大病でもしたら、きっと看護にゆきます」

さち子は、母の言葉の意味はわからないようであったが、なにか、ふたりの気持の動きが読みとれるらしかった。

「おやじが、出歩くようになったから、また、あなたにご迷惑かけるでしょうよ」

父が、シモやさち子に会いたくて、訪ねてくるだろうと思ったが、ぼんやり、投げかけた頼みかたをした。

「あのひと、大事なかたですもの。お頼まれしなくたって、……」

シモは小鼻の近くに縦皺を寄せた。好色的になったときの癖であった。

私が国縫へ出発したのは、大正十一年の七月であった。

母が札幌の駅で見送ってくれた。

札幌の駅売弁当で、評判のよい親子弁当を、いつか、私は食べてみたいと思っていた。

鶏肉のあまじょっぱいそぼろと、茹卵の黄みのそぼろを、別々に御飯のうえにかけた弁当であった。

「おっかさん、親子弁当をたべてもいいかい」

私は、小さな蟇口のなかをのぞき込みながら言った。

「いいとも、買ってたべなさい」

母は五銭の入場券も買わずに、焼棒杭の柵の外から、プラット・ホームにはいった私を見ていた。

よれよれの帯のあいだに両手を入れて、母は、しきりにもの思いにふけっているふうであった。私は親子弁当とお茶を買って、列車のなかへはいった。

普通列車なので、急行の通過を待っているらしく、なかなか、動き出しそうもなかった。私は窓をあけて、母のほうを見ていた。黒かった母の髪は赤茶けて、白い毛も、まじっていた。油けの少ない髪は、ぼっさりとして、まとまりがなかった。

別れのあいだが間延びして、どうにも、踏んぎりがつかないような気持であった。母も、同じ感じになっているらしかった。

ゆっくりと帯のあいだから、引きぬくように両手を出すと、母は指で絵をかくように、四角な形を作った。「吉平よ、弁当を買ったか」という合図であった。

私は膝のうえの弁当を両手で持ちあげて、母に見せた途端、列車は、ゆるやかに動きだしていた。眼に涙があふれでてきた。

中川という校長の外に、熊谷という訓導と鈴木という代用教員がいるだけであった。鈴木は駐在巡査の妻で、腰掛仕事のようであった。鈴木は一、二年の担任で、私は三、四年の受持であった。私はオルガンがひけないので、一、二年の体操を合同にして私が教え、音楽は鈴木教員に見てもらった。

複式授業なので、義理にも賞めることはできないが、ダルトン・プランなどというのを、採り入れたりした。千葉県あたりが、この新しい教育を率先して実行したようであった。

私は、翌年の二月頃に退職して、中学へ戻るつもりだったが、誰にも話さなかった。

中川校長は、尋常科正教員になるための手引などしてくれたが、私は、うわの空で、中学の教科書を自習して、解らぬところは手紙で教えてもらっていた。担任の森先生は代数、教頭の古川先生は幾何を教えていたから、私の出した解答のあやまちをなおしてくれた。

寺川と針谷が、英語の訳や和文英訳などを担当してくれた。

私は三円だけを小遣銭に残して、三十円を毎月、家へおくった。

夏休みは国縫で過すつもりだったが、古川教頭から、手紙で札幌に帰れといってきた。

毎月、学資を出してもらうため、佐藤正男という資産家と引きあわせるためであった。この育英資金を、或る苦学生が受けてきたが、事情があって、ことわったので、代りに私を推すということであった。この生徒が朝倉菊雄（のちの島木健作）と知ったのは昭和三十二年になってからである。

夏休みに東京から小樽へ戻るのが例になっている佐藤という人にあうため、古川教頭は私を連れて、小樽の色内町へ行った。この店は漁網をあつかう問屋であった。

「旦那は入院中ですが、御案内いたしましょう」

縞木綿の半纏をきた中年の店員は、古川教頭と親しい間柄のようであった。

病院は、店から、あまり遠くなかったが、屋根瓦に、白ペンキで山崎性病科と大きく書いてあった。

私は新しい人物に逢うという緊張感で、のぼせあがったような、赤い顔をして、背のひくい教頭のあとを、足早やに歩いていた。

円形に曲った病院専用の下り道に差しかかると、低めの土地に建っている木造作りの建物の屋根瓦に書いた山崎性病科という白ペンキの文字が私の眼にはいり、これから訪ねてゆく佐藤という篤志家に逢う気持とそぐわない感じがした。歩いてゆくにつれて、病院が高く浮きあがり、瓦に書いた字は見えなくなってきた。ゆるやかな円形の道を、底のほうへ私たちは歩いて行った。

山崎皮膚泌尿器科病院という陶製の看板が入口に近い壁に填め込まれていた。

軽い掛け蒲団から脚を投げだして、ベッドに寝ころんでいる血色のよい患者に向って、

「佐藤さん、おじゃまします」

と、古川教頭が挨拶してから、私を紹介した。

「ああ」という大きな声で返事した病人は、頭をさげている私のほうへ目をむけたらしく、

「もう、いいよ、顔をあげなさい。こんなところへ、わざわざ来なくてもよかったのに」

と言った。ぶっきらぼうだが、温みがこもっていた。

「おれは、死んだおやじがはじめた育英事業に、ただ、続けて金を出しているだけなのさ。手当のことは、みな、古川先生にお任せしてある。先生に、なんでも相談なさい。おれは忘れっぽいから、よく、叱られるんだよな、先生」

古川教頭は、給費生のうちで、山形高校へはいった有本という生徒の支給額をふやしてやりたいなどと言っていた。

「いいでしょ。高等学校は中学とちがって、交際費も、かかるだろう。有本は、酒をやりましたか」

「まあ、いけるほうでしょう。酒ぐらいは仕方ないですな。女を買うのとはちがいますから」

佐藤という船成金は、まだ、三十代の遊びざかりであった。

「また、先生に一本とられましたな」

あっ、痛いと叫んで、前をおさえながら、付添婦に溲瓶《しびん》を持ってこさせたりした。

このとき、病院の屋根瓦に書いてあった性病科と陶製看板の泌尿器科が、私の頭のなかで、ひとつに重なっていた。

私は月謝の外に、毎月二十円の生活費をもらうことになった。

「ある生徒が資本家から学費をもらうのはいやだとことわり、それが、君に、まわったのさ。どうする？　金の送り先きは」

「月謝は、そのまま学校に、生活費は針谷君にでも渡してください。私から針谷君に頼んで家に届けてもらいますから」

古川教頭は、私の小遣は月三円と聞いてから、

「それはひどい。もっと小遣をふやしたほうがいい」

と、言った。私は黙って、うなずいたが、そんな気にはなれなかった。

古川教頭は物理学校の卒業生で、苦学をしたこともあるので、私のような貧しい生徒に理解があった。

父の病気が、私にしあわせをもたらしているらしかった。どん底へ落ちてしまうと、どこからか、微光がさしてくるものだということを、私は長いあいだの体験から信じるようにもなっていた。

私は、久し振りに針谷と逢って、育英資金を母のところへ持ってきて呉れるように頼んだりした。

「いなかで働きながら勉強する君のことを、うらやましいと思うこともあるよ」

針谷は私をはげますつもりで話しかけながら、少しは、ほんとうの気持を吐露しているらしかった。

「本家といっても、僕の従姉の代になっていて、婿が戸主だから、気をつかうよ。血がかよっていても、ただ、食べさせてもらうことは大へんなことだから、……」

学校から帰ると、使い走りをしたり、障子の張りかえなどをさせられる私のことを、教え子たちは莫迦にしていた。

「どうにか、なりませんかなあ。なんなら、私から本家の御主人に話しますよ」

詰襟の洋服をきた私のことを、教え子たちは、「兄《あん》ちゃん先生」と陰で呼んでいた。

「校長先生、本家へは一銭の食費も部屋代も払っていないんですから、どうにもなりません」

私は中川校長に打ちあけて、だまって見ていてもらうことにした。

「どうも、落ちつかない、自分の家なのに、……。追いたてられるようで、じっとしていられない気持なの。おっかさん、どうしたのかな」

「夏休みで、とっくに帰っているところだもの。ゆっくりとしていればいいのさ。修平も、役にたつようになったから」

母は、家のために働いている私に、特別な待遇をした。皿に山積みにした桜ん坊を買ってきて、私だけに振舞ったりした。

客のようにあしらわれて、私は家のなかで孤立した気持であった。

「修平、食べろよ」

弟は、ちらっと桜ん坊を見てから、

「まだ、出たばかりで、桜ん坊は珍しいんだ。兄ちゃん、気をつかわないで、たべなさいよ」

修平は、母といっしょに紙袋を張る内職をしていた。

私は国縫へ帰って、なにか、本家の手伝をすることにした。

散歩して、脚腰を丈夫にするつもりか、父は、よく出歩いた。途中から、知らない人の世話になって、家へ帰ってきたりした。シモやさち子にも父は会っていると思われた。

シモに逢いたいと思ったが、私は自制した。私は戸津校長や、多くの人たちの好意に答えるために、学年末の試験に備えるつもりであった。貧乏なれしたせいか、生活ができる状態になって、私は落ちつかない気分になり、机にむかっても、すぐ勉強に打ちこめなくなっていた。軽い神経衰弱にかかったのだろう。

国道沿いに黒岩へ向けてゆくと、右手に種馬所があった。

陸軍省馬政局の所管で、私が物心のついたころから、この種馬所はあった。

外国産の牡馬が幾棟もの厩舎で優雅な暮しをしていた。長靴をはいた牧夫が、牧草や馬糧の生産にあたっていた。

牧草を刈る機械も舶来のもので、広い地面は、なめたように平らになった。馬匹改良のため、民間人が持っている牝馬に種付をするのが種馬所の仕事であった。

貨物列車に積まれて、牧夫といっしょに種付けの旅へ出掛けてゆくのを、私たち子供は万歳をして見送ったりした。

小学校の最初の遠足は種馬所であった。

種馬所という意味が、まだ、わからないうちに、見せておいたほうがよいという大人の判断によるものらしかった。

牧草が風にそよぐのを眺めながら、私たち小学生が弁当をつかっていると、雲雀《ひばり》の囀《さえず》りが空から落ちてきたりした。

外国のお伽話に出てくるお姫さまの乗るような二頭だての乗合馬車で、種馬所に勤める人の子供たちが通学した。国縫川の向うにアイヌたちの一群が住んでいて、暖いうちは、みな素足のまま、子供たちは学校へかよってきた。みぞれ雪が降るころになると、アイヌの子供たちは、鮭の皮の靴をはいてきたが、歩くとぴちゃぴちゃ哀しい足音になった。

私が受持の四年に、種馬所の所長の息子がいた。帰りの馬車は、みな、一緒なので、早く授業がおわった一、二年は、校庭の隅で石蹴りなどをしながら、上級生の帰りを待っていた。担任の鈴木という女教師が遊び相手をしてやることもあった。

所長の息子の脇坂光吉は腕力こそなかったが、いつも、生意気な態度をしていた。都会育ちの両親の口真似で、きれいな標準語で話す光吉に、生徒たちは、みな、頭があがらなかった。

掃除当番なのに光吉は、箒を持つ真似をして、仲間からはずれて遊んでいた。

光吉が掃除に身をいれず、なまけてばかりいるのを、私は幾度も見ていた。

「光吉、まじめにやれ」

私は硝子戸をあけて、廊下からどなった。

「なんだ、兄ちゃん先生か」

光吉は、低い声で言ったが、聞えたらしい仲間は、どっと笑った。

私は光吉を教室の壁板におしつけて、

「ここに立っているんだぞ。あとで、話があるから」

と、言った。

光吉は、おもしろい、やってみろとばかり、ふてて、天井を眺めていた。

種馬所でいちばん偉い脇坂所長の息子だから、光吉は、みなに、ちやほやされつけていた。

私の剣幕におそれて、光吉から離れたところに集った掃除係は、

「光吉さん、先生にあやまったほうがいいよ」

と、すすめたりした。

乗合馬車の馭者が、幾度か喇叭を吹き鳴らしたが、私は教員室から動かなかった。

「どうしたんでしょ、馬車が、誰かを待っているらしいわ」

鈴木教師が、部屋から出て行こうとした。

「所長の息子が生意気だから、こらしめのため教室に立たせてあるんです」

あんちゃん先生と目の前で言われたとは言いだすのも、私は、いやであった。

「脇坂光吉、あいつ、殴ろうかと思ったこと、幾度もあったが、やはり、見逃してきた。これが、いけなかったかしれませんね」

熊谷訓導は、誰にともなく言った。

「あの子ひとりなら、いいが、他の大勢が迷惑しますからね、きょうのところは、わたしに免じて、光吉をゆるしてください」

同じ代用教員でも鈴木しげよは私より年上であった。

鈴木に連れられて、光吉が校庭をよぎるとき、白いハンカチで眼をおおっていた。私は数えの十七だったが、涙をハンカチで拭くなどということは、照れくさくてできなかった。

白いハンカチが、光吉を清潔に見せ、私をやぼな田舎教師と、ひとりでに思わせた。

「君は代用教員だから、どうしても、生徒たちが軽んじる。尋常の資格をとることだな」

私の担当は、三、四年男女の複式なので、頭のよい三年生は、四年の授業を見聞きして、おぼえてしまったりした。頭の働きのにぶい子は、三年生の自分の時間を持てあましていた。

算術などで、足し算の答えを、私は、わざとまちがえて、黒板へ書いたりした。

「先生、わかんねえのかよう。答えは49だよ、どうして、こんなことまちがえるのかなあ」

豚を飼っている信州さんの息子の亀雄が、めずらしく、勉強のことで口をきいた。北海道では生れた国の名で相手を呼ぶこともあった。

「亀雄、よく、わかったな。たしかに、亀雄のいうとおり、49だった。ありがとう」

二度原級にとどまって、背高のっぽという渾名のある亀雄は、私が教えてから、はじめての笑みを見せた。これまでは、他の誰かに当たるまで、亀雄は机のうえに顔を圧しつけて、私のほうを見たことがなかった。

教室で、いちばん、こまり者の亀雄が、進んで手をあげるようになったから、三、四年組の気風が積極的になった。

私が、よく間違えるということが校長の耳にはいり、注意を受けたりした。

「おもしろい引きだし方だと思うが、先生が算術に弱いとなっては、教え子に莫迦にされる。やはり、手加減がいるな」

中川校長は、若い私の指導力を信じかねているらしかった。

「脇坂光吉をこらしめたことは、クラス全体の引き締めになったと思う。これからの反応を、じっくり、見ることにしようや」

光吉に体罰を加えたあとの寂寥感が私の心に残っていた。

翌日の一時間目の授業を終えた私が、教員室へ戻ると、脇坂所長の夫人が待っていた。

「わたし、光吉の母でございますの。いつも、お世話になりまして、……」

あてし、と取れるような、わたしの言いっぷり、……青く澄んだ眼の、乾いた瞬きが、ヒステリらしい特徴になっていた。すっきりした、女のうつくしさを、脇坂夫人から抽きだすためには、どうしても、この激しい怒りが必要なのだと、私は、うっとり見つめていた。

「先生、おすわりなさい。おすわりになったら、いかがですの」

立ったままの夫人が、私に挑むように左の腕を伸したところに空いた椅子があった。

「担任の花田です。ようこそ」

と、挨拶してから、夫人の指差した椅子に坐った。

脇坂夫人は、生れて、まだ、一年とはたっていない女の子を抱いて、うしろの鈴木教師を従えたように腰をおろしていた。

「どんなおつもりで、光吉を立たせたか、主人が伺ってくるように申しますので、……」

「どんなつもりって、光吉君が、なまけて掃除当番をしなかったからです。奥さん、自分の子供が仲間に迷惑をかけても、だまっていろというんですか。私は、光吉君をたたきなおそうと、思ったまでのことです。校長も、私がやったことは支持しておりました」

脇坂夫人のきものの膝のあたりが、ぐっしょり濡れてきた。

「あら、あら、おしっこ。わたくし、こまりましたわ」

鈴木教師が、赤ん坊を抱き取り、お尻の始末をしていた。鈴木は、はじめての妊娠で、出産が近づいたら、代用教員を辞めることになっていた。

「奥さん、きものが濡れていますよ。お拭きになったら」

私は腰にさげた日本手拭を差しだした。

「校長先生は、今後、こんなことがないように、あなたに注意するって言っていらしたわ。校長先生は、ですから、うちの光吉のことは、叱ったりしませんでしたの。あなたも、すみませんでしたぐらいはおっしゃるべきよ」

私は中川校長に腹をたてていた。

「鈴木先生、校長は、どこですか。校長が、そんなことというはずがないじゃあないですか」

中川校長は、村の有力者に対して、いつも、弱腰であった。

「村役場で、学務委員と会議があるそうで、校長は、さっきの下りに乗って、長万部へ出掛けましたよ。先生が見えたら、奥さんと穏便に話しあうようにと申しておりました。ねえ、奥さん」

鈴木は、きのうのことを忘れて、所長夫人に追従していた。

「校長が、あなたになんといったかわかりませんが、私は教師として恥じないことをしたと信じています」

「先生は、そのつもりでも、まだ、若い中学生ですからね。やはり、世の中の仕組がわかっちゃあいないのよ」

自分で生んだ子のおむつの取りかえもできない所長夫人が、どんな社会を見たというのだろう。

「私は代用教員です。正しい意味の教師でないかもしれませんね」

私は、ちらっと女教師のほうを見た。鈴木女史は、代用教員であることを忘れているようであった。

こんなところに長居は無用と私は心のなかで思っていた。

村の青年会の幹事が、会報などを刷る謄写版を借りに教員室へ来たりした。大ていの幹事は、私よりも五つぐらいは年上で、同級生は、ほとんど町へ働きに出掛けていた。中学や女学校へすすむのは、ひとりか二人だったから、職を身につけるためか、女中などに雇われて、函館あたりに住んでいた。

国縫駅の転轍手の森村は、まだ、独身だが、駅の近くに下宿して、小ざっぱりとした暮しをしていた。

「暁鐘」という同人雑誌を鉄道職員を中心に発行していた。

私は、村の青年会を牛耳っている森村から、「暁鐘」をもらったが、この同人雑誌でも、社会時評風なものを発表して、重要な存在になっていた。平仮名で、もりむら・あきらの筆名を使っていたが、鋭い筆致で、いわゆる危険な考えを述べていた。

私は、アイヌを主人公にした一幕物を、夏休みのうちに書きあげたので、森村に読んでもらった。

日露戦争に従軍して、勲章をもらったアイヌが五人いた。この一人の姥久手角次郎《おばくてかくじろう》は勲八等白色桐葉章を受けた。角次郎は、旅順の攻撃に当った第三軍に属する第七師団の兵士であった。出身地は和類で国縫に近い農民であった。私の祖父は、最初に和類の土地三十町歩の払下を受けて、室蘭に近い幌別から移住していた。

和類に住んで、自然林を伐採し、耕地にして農業をいとなんでいた中に姥久手の家もあった。

原始人らしく、耕しただけが自分の土地だと思っていた農民は、手続の不備から、祖父に負けて、農地は祖父のものになった。

自分が耕した土地を祖父から買い戻した人もいたが、金がないために小作に転落した農民も出た。

祖父の和類の土地は、やがて、長い訴訟事件のため、ほとんどは、函館の相馬という高利貸の手に渡った。

和類から、祖父が国縫へ移り住んで、ピリカ鉱山の御用商人になる前のことであった。「悪い花田」というところからワルイという字名ができたなどといわれて、まだ、小学生だった私は、人の恨みにおそれおののいたりした。私は、この和類という地名の起原に就いて、祖父や父母にも、ついに問いただすことはできなかった。

祖父は漢文学の素養があった。アイヌに漢字の名をつけてやったりもした。八雲の徳川農場で熊狩をするとき、アイヌの四脚《よつあし》角次郎を頼んだ。角次郎は、鉄砲の名人であった。姥久手角次郎も四脚角次郎も、アイヌがシャモと呼ぶ和人の付けた名であった。

祖父は大人《たいじん》とか、高士といわれていたが、ほんとうのところはわからない。

この一幕物の最後のあたりで祖父らしい老人の葬儀に、アイヌたちが野の花を束ねて供えることになっていた。贈り主が、姥久手角次郎や四脚角次郎などの、いまわしい名であったというところに、私の批判の眼を働かせたつもりであった。

私は、川向うに住んでいるクッチャリキという酋長を訪ねたりした。

幼稚なものだが、社会劇を、私はねらっていた。

祖父を、このような形で捉えたことは鎮魂の情とちがうだろうか。生きているかぎり、罪深いものは人間なのだと私は思っていたらしい。

森村が、読んでくれたころと思って、私は駅に訪ねた。

その頃、まだ、函館本線は単線だった。

タブレットを肩にかけた森村は、列車の機関手が渡すタブレットと、すばやく交換した。プラットホームで森村の靴はもつれ加減になり、たがいに挙手の礼をして、すれちがうとき、森村のからだは直立不動の構えになっていた。

「例の一幕物、『暁鐘』に掲載されることになったよ。うん、あれは、素直で、いい作品だ。これは、僕の意見ではない。編集委員の言葉だから、そのまま、受けとっていいと思うよ」

私は、ひょっとしたら、のるかもしれないと思っていた。誰かに読んでもらうことは、なにかにのせたいということだった。

「同人費は、いくらですか」

貧乏性の私は、同人費が心配になっていた。

大正十二年の二月、私は代用教員をやめて、札幌の実家へ戻った。同じ代用教員で、駐在所の巡査の妻の鈴木しげよも、いっしょに辞めた。しげよの腹は突きだして、誰の目にも、お産が近いと思わせた。

中川校長のところで、二人の送別会があった。しげよのお礼の言葉は短かく、印象的であった。

私も、しげよのように、感謝の気持をさらりと述べるつもりだったが、古いレコードの溝がいたんで、同じところを針がまわるような状態になった。中学へ戻ると、すぐ、はじまる期末試験にそなえて、私は徹夜に近い勉強を続け、疲れきっていた。

頭脳に欠陥があるようで、私は不安になりながら、同じ言葉を繰り返した。

「さあ、さあ、花田君、もう、いいでしょ」

函館師範を出た熊谷訓導が、乾盃の酒をついでまわった。

「では、校長先生に乾盃の音頭を取っていただきます」

しげよは熊谷の盃に酒をみたしながら、

「いつもなら、私の役ですのに、熊谷先生にお願いして、……」

しげよは、女教師の制服の袴をつけていないせいか、身のこなしが女らしかった。

中川校長は、盃をあげて、ひと言、ふた言の形式的な挨拶をした。長い勤めのうちに、多くの人たちを迎えたり、送ったりしてきた人の慣れが感じられた。

私が国縫を去る日、教え子や父兄が見送りにきて駅のホームにあふれた。

転轍手の森村が、いつもより早く改札したので、ホームにはいってから、時間が長過ぎた。

教え子たちは、私を遠巻きにして、ただ、見つめていた。

私は校長や父兄たちと挨拶をかわしながら、汽車が着くのを待っていた。

早く別れて、ただ、ひとりになりたいと思った。教え子と別れるのが、辛くて遣りきれないので、私はたのしかった教師生活を忘れたがっていた。

「先生と、なにか話したら、どうなの」

しげよは、私の教え子に声をかけた。

遠くに、煙をあげた汽車が見えていた。

「ずいぶん、おしゃべりしたもんな。いまになって、あわてて、がやがや話してもはじまらない。そうだろ、だまって、考えていても、おたがいに、わかるからね」

私は見まわしながら、教え子たちに言った。

汽車が着き、私は乗り込んで、窓をあけた。

「これが、みなからの餞別だ」

校長が風呂敷の包を渡した。

「生徒へは、いちいち礼状を書かなくても、学校あてに出せばいい。掲示板にはって、みんなに見せるから」

私が校長に礼をいっているうち、列車は動きはじめた。立ったまま、窓枠へ両手をついて頭をさげていると、「さよなら、花田先生」という生徒たちの叫び声が聞えてきた。

餞別のほとんどは、折りたたんだ日本紙に、御飯粒で、五銭玉や十銭玉などをはりつけてあった。弟の修平が、銭を包紙からはがして、その金高と名前を、鉛筆で書き込んでいた。銭の裏側に、和紙が、まだ、こびりついていた。

「珍しいや。これ、大きな五十銭玉だ」

修平は、銭にはりついた紙をかりかりと爪で取りさりながら言った。

「なんて書いてある?」

「唐沢そめ子かな」

そめ子は、父のいない子で、母は農繁期に、あちこち頼まれて肉体労働をしていた。北海道では出面取《でめんとり》というが、顔を出せば金になるという簡単なものではない。生きてゆく資産も、耕す土地もない、からだを元手に働いている人たちが多い。

固い油でおさえつけた、そめ子の髪を、うようよ虱が匐いまわっていた。私は、そめ子に梳櫛を買ってやったこともあった。

そめ子の母は、私のためにとんだむりをしたなあと思った。

母に渡した餞別の金は、うちのお数代に振り向けられた。

期末試験がおわって、私は型のように四年に進級できた。

学校当局の好意で、一年近く休んだことが、そのまま埋ったように思ったが、新学期になって、いっしょに机を並べてみて、自分の学力がどんなに低下しているか、はっきりしてきた。

道庁の西門の近くに、ミス・ノートンという老婦人の宣教師がいた。この反対側に、アイヌ語研究で知られたジョン・バチラーがいた。

ミス・ノートン宅のバイブル・クラスではテキストを呉れ、勉強が終るとホーム・メードのケーキに紅茶が出た。

ミス・ノートンは聖公会の牧師なので、日曜の礼拝に教会へ出掛ける仲間もいたが、ミルクとバターを多量に使ったデセールを食べながら、紅茶を飲むのが、私たちのたのしみであった。

ミス・ノートンはイギリス人で、十九歳のとき日本へ来た。ミス・ノートンは、未開地へ行って、そこの土人にキリスト教をひろめようと願っていた。心をこめて未開地行きを祈ったが、最後は神さまのおぼしめしに従うことをつけ加えたという。

「そうしたら、日本ということになりました。最初は函館の教会でした」

頭の髪が、まっ白に輝いているミス・ノートンは、きれいな日本語で、自分の生いたちを語ることもあった。

「わたくしは舌と同じで、歯よりは少し年上です」

私たちが、ミス・ノートンの年齢をたずねたとき、こんな答えが返ってきた。

私たちは、キリスト教の信者ではなく、ただで英語を教わるために、ミス・ノートンのところへ通ったが、数少ない信者と分け距てなく、あつかってくれた。

ジョン・バチラーの夫人は、ふとって、鵞鳥のように日課の散歩をしていたが、ミス・ノートンは贅肉もなく、背筋をのばして、すっきりと若わかしかった。

テキストで、ディサイプルという単語に行きあたるたびに、私も、ミス・ノートンの弟子になりたいと思ったりした。信者のお祈りが、嘘らしくて、私はどうしても、ついてゆくことができなかった。ふるえた、甲高い声や、大仰な、しぐさが、演出された芝居のように、白じらしかった。日常の日本的リアリズムと嚙みあわないと私は思った。

「わたくしは、まだ、あなたを信じることができませんとおことわりして、——誰に聞えなくても、ほんとうの声は神さまに届くものですから、——日曜の礼拝に出て、教会の人たちと、素直に付きあうことですね」

バイブル・クラスの帰り、信者のひとりが、私に言ったりした。

やわらかく作られた相手の態度に圧されながら、私は、まやかしのようなものを見た。

私たちの仲間うちで、針谷が、どうかしたら、洗礼を受けそうであった。バイブル・クラスへ寺川や私を誘ったのも針谷で、なんでも疑ってかかるというところがなかった。

私はシモが好きで、父の気づかない秘密を持っている。人間はごまかせても、神さまは、みんな、お見通しだと思うのは、耐えがたいことだった。私は深く考えるのが怖ろしくて、曖昧な受け入れかたをしていた。

父の左手に、まだ、しびれるという感じが残っているが、見た目には、丈夫なころと、あまり変りはなかった。ただ、あきっぽくなって、すぐ、腹をたてた。

「あんなに我慢づよい人だったのに、……」

職にありついても、じき、喧嘩をして、やめた。頭の働きがこわれて、仕事に身がはいらないせいらしい。

「お父さんが生きているだけでも、ありがたいものね」

母は自分に言いきかせるように言って、私や修平の気持を引き締め、家のために役立つ子供にしようとしていた。私は、なにか、金になることがあれば、すぐ、飛びついた。

「兄ちゃん、もっと、遠い先のことを考えたほうがいいよ。いまは学校の勉強だけで、他に手がまわらないはずなんだから。母さんに賞められても、仕方ない」

修平のいうとおりだが、いつも急場に立っている母を、私は、見すごしかねた。

夏休みになって、私たちは袋張りの内職をしていた。母が糊づけ役で、私と修平が袋を張る役であった。袋張りは、機械的に、ただ、頭をからっぽにしても出来た。

勉強で頭に血がのぼったあとの、袋張りは、体操のように、からだを解きほぐした。

夏休みが終って、久しぶりに登校した私たちは、号外で関東の大地震を知った。

私が学資をもらっている佐藤海運の本社は海上ビルの五階にあり、本邸は赤坂檜町にあった。

私は佐藤家の安否が気になって、教員室へ古川教頭を訪ねた。

「大へんなことになったな。小樽の店で聞いたら、少しはわかるだろう。小樽から来ている通学生に頼んだから、あすあたり、かなり、はっきりするはずだ」

東京との連絡が絶え、どうなっているか、皆目、わからなかった。

小樽色内町の佐藤漁網店で、食料などを積み込んだ、焼玉エンジンの慰問船を出すということであった。

「東京では新聞社もやられたらしいから、号外も出ているか、どうか。そのうち、届いたニュースで、冷静に判断することにしよう」

古川教頭は、私の気持を落ちつけるように言った。

「北海タイムス」の号外に、関東全体が海底に没したという記事が出たりした。避難して来る人たちが、井戸水に毒を入れる朝鮮人たちのことを、まことしやかに「函館新聞」の記事のなかで話してもいた。

九月一日の朝、東京は早くから、ひどい暴風雨であった。二百十日の前日なので、別に気にとめる人もいなかった。

十時ごろには雨もやみ、風もおだやかになって、肌にちかちかする、きびしい暑さになった。正午近くの、どの家でも、昼食の用意をしたり、食事をはじめていた頃、無気味なごおっという唸りが地下を走った。あっと息をのむ間に、家が突きあげられた。浮きあがったままの家は、時計の振子のように、大きく揺れた。座敷の隅から隅へ叩きつけられ、這うようにして表へ飛びだしたとき、東京の空のあちこちに黒煙があがっていた。地震がおきたのは午前十一時五十八分四十四秒で、マグニチュード七・九であった。

地震と同時に火を出したのは、神田万世橋、小石川音羽、本郷の帝大理科研究所、浅草の今戸、田中町、千束町などで、浅草の十二階が、まん中から折れてしまった。浅草から本所、深川へと火災が延びる一方、神田の火は小石川といっしょになって、砲兵工廠を焼き、さらに麴町に飛び、神田今川小路に下って、大手町、内幸町　虎の門へ出て、これが芝愛宕町の慈恵医大からあがった火とともに、銀座を焼き、京橋、日本橋をひと舐めにして、浅草の火と合流、本所、深川の火柱となって天を焦すとともに、隅田川に焰の橋を架けた。出火実に七十六か所、火の旋風の下で焼死する人が十万名あまり、被害世帯数は四十万戸に達した。さらに横浜は焼野が原に変り、死者二万三千人を出し、横須賀では重油タンクが爆発して、港内は火の海になり、死者五千名といわれた。

鎌倉では、長谷の大仏が、二尺ばかり膝を乗りだしたが、倒壊はまぬかれた。

関東大震災の経過が、はっきりと大まとめされるまでに、遠く離れた北海道にも、流言蜚語が乱れ散った。

加藤友三郎首相の病死で、内田康哉外相が臨時総理大臣に就任したが、八月二十八日、山本権兵衛に組閣命令があった。

大地震があったとき、山本権兵衛は、九段の水交社で組閣にかかっていた。

内田臨時首相は、震災の翌朝、臨時閣議を開き、震災救済事務局を設けることになり、九百万円を臨時支出することにした。その夜の七時、余震が頻発する赤坂離宮内苑で、山本権兵衛内閣の親任式がおこなわれた。

まだ燃えつづける焰の下で、朝鮮人暴動の噂が、まことしやかに伝えられ、日本刀を腰に、木剣を手にした自警団が町内を護った。無実の嫌疑で、多くの朝鮮人が殺された。この中には朝鮮人とまちがえられた日本人などもいた。無政府状態になっていた。

三日、山本内閣は関東に戒厳令を布くことになり、その司令官に福田雅太郎大将、参謀長に阿部信行少将が任命された。

町に銃剣が光るようになると、自警団の日本刀騒ぎも静まり、朝鮮人の保護も厳重におこなわれた。数千人の朝鮮人が惨殺されたということであった。

佐藤家の赤坂邸も、海上ビルの事務所も、無事であることがわかったのは、九月の上旬が過ぎたころであった。

東京との連絡がついて、古川教頭から学資が手渡された。

「なんでもなかったらしいよ」

古川教頭は、どんなときでも、感情をむきだしにすることはなかった。

関東大震災で、いろんな人間関係がゆがんだり、こわれたり、また、新しく繋ったりもした。

佐藤家の東京の本拠地が、震災で潰滅しても、神戸や小樽に店があるので、大きな打撃にはならなかった。

　濠州通いの貨物船は、復興事業の材木輸入などで、儲けが大きいだろうと教頭が話してもいた。

「ただ、金持の跡継は気まぐれだから、いやになったら、育英資金もやめにするだろう。四年修了したら、上京して、佐藤家に住み込んだほうが安全かもしれないよ」

大震災など、私は思ってもみなかったが、どんな大金持でも、いつかは滅びるはずであった。教頭にいわれる前に、私は大震災の見舞状を東京の事務所へ宛てて出していた。佐藤家が無事だったことを、ほんとうは私自身のために喜んでいた。

古川教頭の考えてくれたとおり、私は大正十三年三月、四年生を修了すると退学し、東京の赤坂邸へ住み込むことになった。

書生をしながら、予備校へ通うつもりだった。

札幌を離れて、東京へ行くことになると、私は、しきりにシモに逢いたくなっていた。かなり、長いあいだ、見ないうちにさち子が大きくなっていた。

シモの陰にかくれて、さち子は、こっそり私を見た。

「人見知りするようになりましたね。大きくなって、……」

さち子は顔をあからめて、娘らしい仕草をして、白いハンカチで口もとをおさえたりした。

「父が見えますか」

「ええ、毎日のように訪ねてくれます。足が弱ったせいか、よく、ころぶようです。泊っていらしたらといっても、どうしても、帰るとがんばるので、見えかくれに従いて行くこともありますの」

シモは、たっぷりした髪をまるめて、頭のてっぺんにピンで止めていた。見ていると、私は、無雑作なシモの振舞が、おもしろくなってきた。

「さち子は、私が変ったことをすると喜びますの。着せかえ人形のつもりなんでしょうよ」

シモは目をほそめて、さち子を見ながらいった。

私が東京へ出ることを話し、父のことを頼むと、

「どなたに頼まれなくとも、お守りしなければならぬ縁があります。どうか、心配なく、勉強を続けて、偉くなってください」

シモは上体をまげたまま、考えるように言葉を句切っては話し続けた。ゆるく合せた着物から、シモのやわらかい胸がのぞいた。

さち子は、私が顔を出したことにこだわりを感じているらしかった。

父と私が、ここで落ちあってはいけないと、さち子が幼い勘で突き当てたようであった。

父の血が、私とさち子のからだの中を流れていて、のっぴきならぬ作用をしていた。

学生帽の代りに鳥打帽をかぶり、私は母が作ってくれた亀甲絣の木綿の着物をきていた。ど

ことなく、制服の中学生姿よりも、おとなびていた。

「吉平さん、よく似あいますね」

シモは、首筋へかぶさった羽織の襟を、引きさげてくれた。

函館の姉が、私の夜具を拵えて、東京へ送ったということであった。

「ツルは、気のつよい子で、誰のいうことも聞き入れないし、どうしようもないが、心配なのさ。お礼の手紙をだすとき、いいひとを見つけて、結婚するようにと書いてやっておくれ」

ツルが危険な道を、にがみばしった男といっしょに歩いていると母は思っているらしかった。

正式な結婚をする相手をツルが見つけたとしても、結婚披露の費用はなかった。毎月のツルの収入のうちから、心ならずも、母は、ほとんど取りあげていた。娘のツルが送ってよこすからといえば体裁はよいが、どうしても、娘の立場では助けなければならないという暮し向きであった。自分がツルの立場なら、とっくに男を見つけるだろうと母は思ったりした。

上野の駅へ着いたとき、どんよりした花曇りの空の下に、バラック建ての安普請が立ち並んでいた。

私は、最初に海上ビルの佐藤海運の事務所へ顔を出して、佐藤社長に上京の挨拶をした。

広い部屋に、思ったよりも少ない数の社員が、大きな事務机の上に帳簿をひろげていた。便箋に商用の英文を打っているタイピストが、下書をのぞきこんだりしていた。

「花田君、酒が飲めるか」

清元を習っている社長は、高くて、よく透る声でたずねた。

「飲めません」

私は口頭試験を受けているように固くなっていた。

「野球ができるかね」

「運動は、なにもできません」

これという特技のない私は、社の野球チームが帰ってくるまでに風呂をわかすことが、与えられた仕事であった。日曜には、どこかのチームと試合をするということであった。

社長の自動車が、退社時間よりも早く余所へまわることになって、私は便乗させてもらった。パッカードという大型の車であった。

助手席に乗った私に、丸山というお抱え運転手は、大へんな処へ来ましたね、なんでも、最初が大事ですから、態度をはっきりしたほうがいいですよ、と注意した。

私は、はあ、はあと返事をしていた。

佐藤夫人は、ふたりの娘と婆やを連れて、これから別府温泉へ出掛けるところであった。幼稚園が春休みで、気管支の弱い長女のために保養に出掛けるということであった。

私が書生になって来るということを、夫人は、まだ、知らなかった。

背が高いせいか、少し、前かがみになって、薄暗い居間にぺたっと坐っていた。

「帰ってきたら、よく話しましょう。秀やのいうことを聞いて、わからないことは、なんでも私に相談してください」

秀やは女中頭で、奥向きの用事をたしていた。度の強い眼鏡をかけているので、眼球が飛びだしたように見えた。

赤坂檜町は小さい町名で、十番地までなかった。

佐藤邸は檜町三番地にあって、もと伊藤博文の妾宅だったということであった。近衛歩兵三連隊の裏門をあがる坂道の中頃で、坂を降りたところが氷川小学校であった。

檜作りの大きな門をはいると、屋敷の右側に二階建ての家があり、階下は車庫になっていた。パッカード、リンカーン、ハドソンの三台が車庫にはいっていた。奥のほうにはいっているハドソンは坂道に強い車で、箱根などへ遠出のときに使うのだと丸山運転手がいった。

子供のいない丸山は、車庫の二階に妻といっしょに住んでいた。

門をはいった左側が母家で、屋根のある玄関口から玄関へはいると、敷石があって、龍を描いた大きな衝立が、目かくしに置いてあった。赤いじゅうたんを敷いた階段をのぼると、ふた間続きの応接間があった。

子供部屋、居間、寝室、衣裳部屋、女中部屋、書生部屋などの外に、二階の三間が陽当りがよいように鍵の手になっていた。

居間から女中部屋に行く廊下の折れまがったところに、大きな鍵のかかった土蔵の入口があった。

「花田さんとおっしゃるのね、ここが書生部屋」

黴くさい三畳ばかりの、暗い部屋へ秀が案内した。三畳よりも、少し長くて、半ぱな畳がはいっていた。姉が送ってくれた夜具は、まだ、包んだままになっていた。女中頭の秀が、夫人に代って、うちの中を仕切っているらしかった。二階の三つの部屋には、まだ、学校へ通っている社長の三人の弟たちが住んでいた。まだ、中学生で、いちばん上は早稲田実業の生徒であった。

台所の仕事は、キクという姐やがあたっていた。たべものを作るほかに、洗濯屋に出せない洗濯まで引き受けていた。

気性ははげしいが、親身な世話をやくキクは、部屋住みの男たちから、慕われていた。

私は神田の研数学館に通い、不得意な数学を学ぶことにした。官立の高等学校には、試験科目に、かならず数学があった。

神田へ行くときは、中学の制服をきたが、たまには、きものに袴をつけて通ったりした。予備校通いの、ほとんどは和服だった。

佐藤社長は、事務所へ顔を出すだけで、別に仕事がなかったから、世話している芸者の経営する待合に顔をだしたり、吉原の幇間を引き連れて、芳町などを遊びまわっていた。

幾日か家をあけて戻ってきた佐藤社長は、

「近くの中学へ行っている末の弟正安が、なまけてばかりいるので、学校から断られそうだ。

担任の先生に逢って、頼んでみてくれないかね」

正安は蓄膿症らしく、いつも、鼻をぐすぐす鳴らしていた。中学を転てんと変って、幾度か落第していた。

「ママには、だまっていてもらいたい。やはり、莫迦にされるとかあいそうだから、……」

遊びつかれたせいか、社長は神妙な感じであった。幼稚園に行っている娘が、パパ、ママと呼ぶので、それが社長の口癖になったらしい。

私は正安の勉強を見たり、ひそかに正安の中学校での叱られ役になった。

早稲田実業へ通っている兄の梧郎が、庫《くら》のなかから、掛軸などを持ち出して、質に入れたまま、利子が払えず、こまっていると正安が教えたりした。

「誰のものですか」

「有名な画家らしい。お正月に掛ける赤い髪の毛をした酒呑みの絵なんだ。台帳を見るとわかるはずだ」

私は、社長に頼んで質屋から受けだすことにした。言いだしにくかったが、私が頼むと、だまって、小切手を書いた。

「梧郎の奴、しようのない、ばかもんだ。庫のなかに返しておいてくれ」

鍵は、ママが持っていると言った。橋本雅邦の猩猩《しようじよう》を受けだして、秀やに保管をたのんだ。

佐藤夫人は、予定よりも少し早めに別府から帰って来た。

佐藤家の長女君子は明治神宮に近い早蕨幼稚園に通っていた。君子は自家用車で送り迎えされ、染子という小さな娘が、付き添っていた。小学校を終えるとすぐ、石狩郡の厚田という漁場から出てきた染子は、いなかなまりを笑われまいと唖のように手真似、身振りで話したりした。

屋敷の崖の下に、長屋建ての社員住宅があって、そこに、まだ若い三宅という運転手が母といっしょに住んでいた。三宅は、ほとんど本宅の用をたしていた。

来年、四谷の双葉女学校付属小学校の入学試験を受けることになっていた君子の、私は勉強相手をしていた。

三時になるとニュームの丸い皿にはいった洋菓子と紅茶がでた。君子といっしょに食べて、私は自分の暗い部屋へ引きあげた。

君子の子供部屋にブランスウィックの電蓄があった。ピアノの教師が、一日置きに君子のところへ通ってきた。

君子は、まだ、小さいのに、ませていた。

「ピアノの先生、梧郎さんが好きなのよ」

神経質らしく瞼をぱちぱちさせて、君子は私に言った。

「どうして……」

「梧郎さん、梧郎さんって、来るたびに、きっと聞くんだもの」

「パパやママは知ってるの」

「さあ、どうですか。誰も気がつかないかもしれないわ。君子を子供あつかいにするから、それをいいことにして、だまって見ているとわかっちゃうの。おとなって、間抜けなのね」

君子は老婆のような複雑な笑い声をもらした。

「なんでも、隠さずに話してくださいね」

別府から、帰ってきた社長夫人の嘉子は私に言った。結婚準備のために嘉子をたよって出てきた従妹の芙美が、主人と関係ができて男の子を産んだと話してから、

「こちらへ来る女中は、みな、厚田の鰊漁場で働く人の娘なので、主人が行儀の悪いことを最初に打ち明けて、もし、そんなことがあったら、わたくしのところへ申し出てくれるように頼みますの。それが、暇をとるときは妊娠しているんだから、いやになります。恥をしのんで、主人の女癖がわるいことを女中に話すものだから、どうしても、わたくしを軽んじることになってしまいます」

と、私に嘆いたりした。主人のきょうだいが多くて、まだ、独身の男たちが、赤坂へ来ては、女中たちにいたずらして、また、北海道へ舞い戻ったりした。女中をはらました相手が、主人と思ったら、弟のほうであったりして、嘉子を戸惑わすこともあった。

「君子は敏感な子ですから、そっと育てたいと思っても、どうにもなりません。主人が、相続

した財産を、独り占めにしているから、きょうだいにたかられても仕方ないのですが、これでは、家庭ではなく合宿生活です。花田さん、秀やから聞きましたが、質に梧郎さんが入れた絵が、すんでのところで流れるところだったんですってね。これからも気をつけてください」

「パパは、ママにはずかしいから、だまっているように申されました」

私がママと呼ぶのを、嘉子夫人は、くすぐったそうにした。

「パパは、そういう人なんです。きょうだい思いのところがあるんです。わがまま勝手な人なのに、旅先きから、しみじみした便りをくれたりして、……」

主人の正男は、ほとんど帰りは夜更けで、待合のおかみか、芸者に送られてきた。

近歩三連隊の裏門から、急な短い坂をのぼりきったところに邸があるので、激しい勢いで自動車がのぼってくる。私は机に向かっていても、いつ、帰るかと思うと、気が落ちつかない。飛びだして、門を明け、玄関先に、素早く迎えいれなければならなかった。氷川神社のほうへまがる自動車の響を、私は聞きちがえることもあった。

連隊の裏門のところに立つ歩哨の前を、芸者に送らせた自動車で帰ることは気まずいらしく、運転手の丸山に無理なスピードを出させた。

勝手に近い居間は、昼でも電燈が必要なほど外光がささない。そこで嘉子が、ひとり雑誌を読んだりして、主人の帰りを待っていた。空車で戻ってきたときは、丸山は、とってつけたような言いわけをした。

「花田さんも、やすんでくださいな」

嘉子は、眠そうな声で言った。

運転手の丸山は、東京駅には全国の名産を売っているところがあって、神戸の支店へ行ったしるしに持ちかえる神戸肉の味噌漬も、東京駅で買うのだと話したりした。

嘉子の実家では、従妹の芙美が娘の主人を寝取ったと思ったようであったが、この事件で、娘婿の正男の女狂いが、はっきりとしてきた。

「子供を連れて、帰ってきてもいいんだよ」

積丹《しやこたん》の殿様といわれていた嘉子の実家の父は、なにも言わなかったが、気性のきつい母は別れさせようと思った。

嘉子は実家へ戻っても、やがては兄夫婦の厄介者になるという気もして、

「いつでも、実家へ帰れるというだけで、私は元気が出てきました。ありがとうございます」

と、遠まわしに断ってしまった。

嘉子は正男に望まれて、佐藤家に嫁に来たのではなかった。まだ、小樽の女学校へ通っていた嘉子に、正男の父松太郎が目をとめたのであった。

「おとなしそうな娘だな、あれは、どこの、誰の子だ」

積丹で指折りの鰊の漁場を持っている斎藤の娘だと知って、長男の嫁に、どうしても、迎えねばならぬと思った。

嘉子の実家の分家にあたる斎藤彦三郎が明治二十年代に角網《かくあみ》を発明した。この角網は鰊を一網打尽にするようにできている。嘉子の実家の積丹の入舸《いりか》も、佐藤家の石狩の厚田も、千石漁場といわれていたが、これも角網のせいであった。

佐藤家は第一次世界大戦後の、いわゆる船成金で、北海道でいちばんの資産家に伸しあがったが、もとは厚田の鰊場の網元であった。角網がなかったら、網のなかの鰊を逃がしてしまって、大きな利益をあげることができなかっただろう。佐藤家では角網を発明した斎藤彦三郎のおかげと思っていた。

積丹の斎藤家の娘なら、と佐藤家では、仲人をたてずに、直接、申し込むことにした。

大きな和船に、いろんな物資を積んで、大漁幟をたて、嫁もらいのために幾度もかよった。

佐藤家の総領正男と斎藤家の長男は、小樽中学の同級生だった。入学当時、正男は成績がいいほうであったが、なまけ者で、不良の仲間にはいって、退学させられた。正男は慶応の普通部、東北学院などと転校したが、これは学校から他に移るようにいわれたためであった。正男は中学を、ついに卒業することができず、あまり家にも居つかなかった。仲人を頼んで、斎藤家に交渉できる状態ではなかった。

この縁談が持ちあがったとき、斎藤の長男が、

「あの煙突か」

と、息をのんでから、「あの不良にかわいい妹はやれない」と言った。

中学のころ、佐藤正男は「煙突」という渾名であった。大きな頭を煙突のような細長い首筋が支えていた。知能がいっぱい詰った大頭を持った佐藤正男の「煙突」という渾名には、最初は敬意がこめられていた。それが、長くて細い首筋のほうに重点がかかったころ、正男は、いやな授業を逃げ、咥え煙草で球を突いていた。成績は下るばかりであったが、撞球では天才的な力を示していた。

斎藤の長男は、こつこつ勉強する質で、小樽高商を出ていた。

佐藤正男の、どこが、どうと指摘した反対ではないが、息子のことだから、間違いはあるまいと斎藤は縁談をことわることにした。

佐藤松太郎が病気でたおれたのは、そのころであった。松太郎は相撲取のような肥大漢で、自家用の汽船に乗り降りするときは、起重機を使った。モーニングの上着に、普通のおとなが五人はいったという。心臓も弱っていたから、いつ、不慮の死がおこるかわからない状態であった。

松太郎の弟が水産会の幹部で、斎藤家とも交渉があった。松太郎の頼みで弟が先方へ働きかける前に、正男は勘当をゆるされていた。

性格はちがうが、同じように漁場の網元であった斎藤には松太郎の気持が手に取るようにわかっていた。

「ふつつか者ですが、嘉子を差しあげましょう」

と、松太郎の弟に約束した。嘉子は、どうして、自分のようなものを佐藤家で嫁にほしいのかわからなかった。背が高くて、並みの男よりも大きかった。自分より背が高かったら、正男と結婚してもよいと思った。まだ、女学生なので、卒業まで時間の余裕があった。松太郎が急に死んで、数えで二十四の正男が家督を相続することになった。遺産は二千万円といわれた。松太郎の弟が後見人になった。

嘉子は卒業間際だったが、中途退学して、正男と結婚することになった。

斎藤家の長男は、最後まで、この結婚に反対であった。

結婚式にも、兄は出席しなかった。

嘉子が別れの挨拶に、兄の勉強部屋を覗くと、押入から、兄の足先が少しはみだしていた。押入にもぐりこんで、兄は泣いているらしかった。

嘉子が結婚してから、正男のところへ顔を出す女がいた。背中が半分も見えるようにきものをきて、正男が手をのべると、嘉子の見ている前で、膝のうえにのった。

嘉子は舞台の一場面を見ているように、正男の指の動きにつれて、動物じみた奇声をあげる女のゆがんだ顔を眺めていた。女といちゃついているのは、正男に扮した俳優の実演で、正男という夫が、いやらしいことをしているとは思えなかった。

肉づきも少なく、ただ、背丈が伸びている嘉子は、いつも、目だたないように前こごみになっていた。まっすぐに向きあえば、乱視のまじった近眼のせいか、目には傷みかかったレンズのような、きわどい輝きがあって、ほとんど似つかわしくないように育ち遅れた、小さな唇が紅をさしたように鮮かに見えた。やわらかい赤ん坊のような肌が、しっとりと薄い青みを帯びていた。嘉子のどこからも、子供を産んだ女の成熟が、四つ年下の私にも感じられなかった。

正男との新婚生活は、おぼつかない感じのものだったにちがいない。

私は、夜更けてから、嘉子の居間で、いっしょに主人の帰りを待つようになって、新婚当時の話を聞いたりした。眠けざましに、嘉子はちらほらと昔を思い出しながら、にじむように頬笑んだりした。

なにか、目的があってのことでなく、いつもは、自分ひとりで偲んでいることを、私がいるので、嘉子は話し掛けているのだった。話の途中で、嘉子は眠ってしまうこともあった。

炉の炭火がはねて、嘉子の膝のあたりに落ちたりした。嘉子はほっそりした指先で、ゆっくりと払った。

御召の、それが好みらしい縦縞を、いつもきていた。ちょっと見には、同じ柄のきものを幾枚も持っているように見えた。

姉のツルが、新調したばかりの銘仙に炭火が飛んだときの、うろたえた動作を、私は思い出したりした。

佐藤夫人の嘉子とくらべるのは、むりだと思うが、姉は、やっとの思いで銘仙を買い、針仕事の合い間に縫ったのだから、焼け焦げをつくってはならないという気持が先きだつらしかった。姉のツルは、嘉子の、ひとつ年下であった。

私は神田の研数学館へ出掛ける外は、ほとんど、薄暗い書生部屋に籠って、受験の参考書を見ていた。

台所で働くキクは、

「花田さん、洗濯ものはだしなさいよ。いっしょに洗ってやるから」

と、言った。いつも、キクは仕舞風呂にはいり、湯を落す前に皆のものを洗濯した。

キクは奥女中の秀やよりも給料が多いという噂だったが、朝も、誰よりも早く起きて、ほとんど体をやすめる暇もなかった。

湯槽につかったまま、キクは寝てしまい、垢でにごった湯をのんだりすることもあった。

なにか目的があるらしく、キクは、貰った給料を貯金していた。

「奥さまから、花田さんに差しあげるそうです。これは駱駝ですからね」

秀やは、部屋の外で私を呼びだしてから手渡した。半ダースの猿股が紙箱のなかにはいっていた。

私はキクに下着の洗濯をしてもらったが、猿股は出さなかった。年に一度は家に帰れるということだったので、母のところへ持ちかえるつもりだった。

私の猿股が、働く女の人たちの話題になっているらしかった。私は鍵のかかるズックの鞄に猿股をしまっていた。

駱駝の猿股は、主人のものらしく、私には少し大きめであった。嘉子が秀やから聞いて、主人用に洋品店から届いたものを呉れたのだろう。

秀やの、その時の相手を見くびったときの薄ら笑いが、私の気になった。秀やは、てきぱきして、仕事の手順もよかった。そのせいか、要領のわるい人間を小莫迦にするところがあった。

駱駝の触感は人肌のようなところがあった。そのせいか、この猿股をはいて寝た夜に、私は夢精した。私と抱きあって寝ているのは、ぼってりと肉づきのよい女のひとで、裸のほうが、女らしいと思いながら、顔を見ようとしたとたんに、私は眼をさましていた。シモのような気がしたが、これは覚めてからのことで、はっきりしたことはわからない。私の知らないからだの女と抱きあって、夢精していたのだから、思いもよらぬ出来事であった。

私は現実的な人間のせいか、夢のなかのひとに射精したような体験は、ほとんどなかった。私は嘉子と夜更けの茶の間に、ただ、二人だけでいることが、息ぐるしくなっていた。夢精の相手が、嘉子夫人かもしれないと、ふと、思ったりした。

ママという呼び方が、意識的になって、誰の前でも、奥さまなどと私は言わなくなった。

大震災の翌年のせいか、ほんのちょっとした地震にも、東京の人たちは、素早く戸外へ飛びだした。大地震の恐さを知らない私は平気だった。一度だけ、かなり大きな地震にあったが、私は残って玄関のところにいた。

ぐらっと揺れるたびに、長押《なげし》の枘《ほぞ》が飛びだし、また、反動で枘穴へすぽっとはまった。この繰返しを見ているうちに、私は性行為を思いだして興奮したりした。

予備校へ通っているうちに、被災者などの友人もできた。

去年の大震災にあうまでは、かなりな生活をしていたという話に、みなが落ちてゆくのは、意地わるく見ると嘘を言っているようでもあった。人間のたのしみのうちに、状態の変更ということがあり、わざわいを利用してその人たちは、あまい夢を見ているようであった。

町には仮建築がたち並び、東京は復興しつつあった。

水が変ると病気になると、上京するとき、私は母に注意されていた。夏にはいってから、なんとなく、私はからだがだるくなった。

歩いていると脚がもつれて、私は、ころびそうになった。急に動くと心臓が苦しくなった。

六本木の書店に、私は梧郎に頼まれた「アサヒ・グラフ」の増刊の注文に出掛けた。梧郎や弟の正安は、好きな本を付けで買っていた。

帰りに急に息苦しくなり、道路の隅に積んだ、道普請用の小石のうえに腰をおろして、私は休んでいた。

出入りの魚屋が私を見つけて、肩を貸してくれ、やっとの思いで戻ってきた。

秀やが、近所の医師を呼んだが、診断の結果、脚気ということになった。脚にむくみがなく、やせてくるということであった。心臓と関係があって、無理をすれば、急死することもあると注意された。

「予備校のほうを休んで、静かに寝ていらっしゃい。それでなおらなかったら、家へ帰ることにして、……」

嘉子は、キクに頼んで、麦のはいった御飯にしてくれたりした。

一日に三箇の夏みかんを食べるように、私の部屋へ果物籠が届けられてもいた。

私は酸っぱいものはきらいだが、病気をなおそうと夏みかんを食べた。

正安は、英語ができないので、私の部屋へ来て、英語の読みや和訳を、鉛筆で教科書に書き込んだりした。

英語の発音がだめなので、私は幾度も言いなおさせた。正安は、最後には腹をたててあばれた。これが、いつも、勉強の終りになった。

正安は、函館の遠縁の家に寄宿して、中学へ通っていたが、雪の降る日に、帰りが遅れて締めだされてしまった。風邪から急性肺炎をおこし、危篤の状態が続いたのち、やっと回復して、赤坂へ引き取られたのであった。どこか育たないところが正安にあったのは、末子のため、死んだ母親に溺愛されたせいであった。

知能も低かったが、むきになるところがあって、私は好きであった。

「これは銀座の千疋屋だな。あそこは、果物が、倍も三倍もするからなあ」

ちらっと正安は果物籠を見て、嫌味を言った。

主人の正男は夜更けに帰ってきたり、戻らないこともあった。

よく、通る声で、ママ、ママとたてつづけに用事を言いつけ、海上ビルの本社へ出掛けた。

すぐ下の正哉は、本社に勤めていて、ここに働いていたタイピストと結婚していた。

庭の縁は石垣になっていて、その下に社員住宅が並んでいた。正哉は一戸建てだが、他は二戸建ての長屋になっていて、出口に橋本という腕のいい大工の棟梁がいた。橋本は家のいたんだところをなおしたり、正男が新しく囲う女の新宅などを建てたりしていた。橋本は遊び上手で、たいこもちのようなところがあり、正男の腰巾着になって花柳界に出入りしていた。大工の棟梁だけは東京生れで、正哉や、他の社員たちは、みな、小樽の生れで、若い頃の社長の遊び友だちだった。

飯田という経理掛も、小樽商業を中途退学していた。

社員住宅の連中は、四谷や神楽坂で遊んでいるらしかったが、正哉が、いつも、その中心になっていた。

柔道三段で腕力がある正哉は、正男が遺産相続するときに、その中から少しばかりの分け前を取った。小樽の花柳界で、またたくまにこれを蕩尽すると、海上ビルに顔を出して給料をもらうようになった。

腕力では正男は正哉におよばないので、わがまま勤めをゆるしていた。

「財産をわけてやってもよいが、正哉の例もあるから」

正男は、きょうだいたちに遺産を分けてやる気がなかった。

正哉や社員たちは崖上の邸へ顔を出さないようにしていた。野球の試合などのときは、社長から召集がかかるので、仕方なく寄ってきた。

私は、少しずつ、健康を取り戻していた。札幌の生家へ帰っても、保養などはできず、また、医療費がないことなども、私はわかっていた。

東京で脚気をなおしながら、来年の受験にそなえようと私は心に決めた。

君子の幼稚園が夏休みになり、嘉子は秀やと染子をお伴に連れて、大磯の別荘へ行くことになった。

「花田さんも、君子の勉強を見ることにして、一度、来てもらいますよ」

嘉子は出がけに私のほうを見て、梧郎さんたちのこと、気をつけてくださいね、と言った。

正男は、いっしょに行くらしい感じがなかった。別荘へ妻と子供たちを送り込んで、正男は好き勝手に遊ぶつもりであった。

嘉子たちが大磯へ行った翌日、正男が芸者を連れて、どやどやと玄関からはいってきた。年増が二人、つんとすましたように、正男のあとから寝室へはいった。

寝室から見える庭は芝がはえていて、築山の前の石組みのほとりに池があった。

キクは幾度も奥の寝室へ呼ばれたが、とまどっているふうであった。

運転手の丸山は、車庫からハドソンを出して手入れしながら、

「これで箱根越えですよ」

と、私に言ったりした。

奥へビールを運んだりして、キクは鼻の頭の汗を割烹着の袖口で拭きながら、台所で次の仕事を待っていた。

「キク、あとをよろしく頼むよ」

正男は、靴を私に出させて、はきかえた。

私は、なんとなく連れの女を芸者と思ったが、待合のおかみかも知れないし、唄か踊の師匠のようでもあった。おしろいの下から、渋を引いた紙のような肌が見えた。まだ、やっと昼を過ぎたばかりで、夜の女には、いやな時間であるらしかった。

「戸じまりに気をつけて、……」

正男は型のように言い残し、二人の女に両方からはさまれて、車のなかにいた。

「奥さんがいなくなると、すぐ、あれだから」

キクは門の扉を閉める私に言った。

「花田さん、ちょっと来て」

キクの甲高い声が、私のところへ届いた。頭をおさえる、うるさい人がいなくなって、気をゆるしたようなゆとりが響のうちにあった。私の足音も、高くなっていた。

寝具の掛け蒲団が押入から引き出され、そのうえに箱枕がころがっていた。

蒲団の表ての花模様が、私の眼にはいったが、糊をこぼしたように、白いべたべたした液がひろがっていた。

キクが、糊のような液を踏みつけたとき、おどろいて私を呼んだのであった。

栗の花のような、生まぐさい臭いがして、私は精液だということが、すぐにわかった。

正男の精液であった。

キクは泣きそうな顔をして、足の裏から指先にかけて、塵紙でぬぐった。キクの前がはだけたようになって、白い脚が見えた。割烹着をたくしあげたのも、キクは夢中だったので、みだれた裾に気がついていないようであった。

「洗濯屋に出すにしても、このままでは、もの笑いだから」

キクは、気持わるそうに、拭った足の指先を、くきくきと折りまげてみてから、畳のうえにたちあがった。

「どんな恰好で、こんなふうに、こぼしたんだろう」

キクは、自分の考えを口にしていた。

私も、ほとんど考えようもなかった。あの女たちの気持は、嘉子夫人に、いやな思いをさせたいということなのだろう。

この精液には、女の体液もまざっているはずであった。

「しみになるかもしれない。早く手入れをして、とにかく、洗濯屋に出そう」

キクは、いつもの、屈託ない女に戻っていた。

私は、自分だけの部屋に閉じ籠って、来年の受験勉強をしていたが、若者らしい希望で心が躍るようなことはなかった。

夜中になって帰宅するのが例になっている社長を乗せた自動車が、いつ、坂をのぼってくるかが気になって、私は気持を集中することができなかった。ただ、いらいらと活字を目で追いかけていた。

私は部屋から、あわただしく駆けだし、玄関の戸を明け、自動車がたどりつく前に、門の閂をはずして、観音開きの大戸をあけなければならない。脚気になってから、息ぎれがひどくて、私の重労働のひとつであった。

玄関の電燈は、迎えに出た嘉子夫人がつけることになっていた。

運転手の丸山は、送ってきた芸者を乗せて、届けることになっているので、嘉子が玄関から表に出て、主人を迎えるようなことはない。送ってきた女と鉢あわせしないためだが、この形ができるまでに、嘉子は、いやな目に幾度もあったはずであった。

私は門を締めて門をさし、潜りと勝手の戸締りをして部屋へ戻って、寝床へはいる前に気楽な雑誌を読んだり、手紙を書いたりした。

帰り車の丸山を出迎えるのは、車庫の二階に住んでいる丸山の妻の役であった。

大磯の別荘へ家族が出掛けた留守を、キクと私がまもっていた。

私は二階の応接間の本棚から、ゴーリキーの『自叙伝』を見つけだし、この本を読んで深い感銘をうけた。メーテルリンクの『タンタジールの死』も、この本棚にあって、小山内薫の訳であった。ローマ字で、所蔵者の名が佐藤正男と見返しに書かれていた。

佐藤社長が、まだ、若かったころ、愛読したものらしい。私は、こういう時期が佐藤正男にあったことをたしかめて、身近かな感じになった。

「花田さんの部屋、湿気が多いから、からだにわるいのさ。水が変ると脚気になるそうだが、そればかりでないような気がするよ」

キクは二階の応接間で勉強するように私にすすめた。

二間続きの応接間は、いつも、雨戸を締めたままにしているので、黴くさかった。厚いじゅうたんを敷いた床に、がっちりしたテーブルと椅子が置かれてあった。

「留守のうちだけでも、のんびりさせてもらうか」

私はキクに言った。

「そうですよ、たまに風をいれたほうが、部屋のためにいいんです」

キクは台所に続いた嘉子の居間にはいって、畳のうえに脚を投げだしたりした。台所は広いが板の間なので、キクは、いつも、立ちどおしであった。「鬼の居ぬ間に」というのと、少しちがっているが、緊張感がなくなっていた。私は二階の応接間から、大きな声でキクに話しかけたりした。私が、こんな声で叫んだのは、久しぶりのことであった。

「花田さん」

階下からキクの呼ぶ声がした。明るいシャンデリアの下で、大判の世界地図を見ていた。ロンドンで出版された地図は、日本製よりも、読み易くできていた。濠州通いの大型貨物船を二隻持っている社長は、必要があって、この地図を応接間に備えつけて置くらしかった。連隊のラッパが鳴って、夕飯時を知らせていると私が思う夕暮れ時であった。

私は軽い返事をして、鼻唄まじりに台所へ行った。

「やあ、花田だな」

崖下に住んでいる社長の弟の正哉が、経理の飯田といっしょに、居間から声を掛けた。

「はい、そうです」

と、答えてから、私はていねいに挨拶した。

家が崖下にあって近いので、正哉は私を、よく知っていた。酒を、かなり飲んだらしく、眼がすわっている。

「そこへ坐れよ」

右手の握り拳で、畳を叩きながら言った。飯田は正哉より年上で、どこか、くずれたところがあったが、遊び抜いた男らしい飄逸《ひょういつ》な味があった。下旬になると、毎月の支払を帳簿で当るために顔を出していて、私も親しく口をきいていた。

「おい、花田、てめえ、義姉《ねえ》さんの、お気に入りだそうだな。下着や猿股なども、届けてもらったり、二人っきりで、なにか、仲よくやっているそうじゃあないか。義姉さんとのあいだは、どうなってるんだい」

崖下の長屋で、誰かが、おもしろおかしく、猿股のことを話したらしい。

「まさか、そんなこと、奥さまがなさるはずはないでしょう。誰が言ったんです」

キクが、当惑している私に代って、正哉に尋ねた。

「誰が言ったか、気になったら、そっちで考えてみろよ。花田の奴、いいところばかり見せやがって、義姉さんに、うまく取り入ったという、もっぱらの評判だぞ。兄貴は、二人のことは知らないらしいが、……」

正哉は、私の手を握りながら、酒くさい息を吹きかけた。

「酒は飲めないそうだな。花田、これから、いっしょに芸者買いに出掛けよう。女を好きそうな面《つら》をしているじゃあねいか」

「まあ、正哉さん、今夜のことにしなくても、遊びに行く機会は、いくらでもあるよ。さあ、うちへ帰って、飲みなおしとゆきましょう」

飯田は、この場を取りつくろうように言った。

「黙れ、飯田、どうしても、出掛けるぞ、花田、おれのなじみの家が四谷にあるんだ。金のことは心配するな。とにかく、女を一人あてがうからな。女を抱かないと、てめえがことわるなら、おれは、花田が義姉さんに惚れていると見なす。どうだ、キク、こいつは今夜、帰さないから、そのつもりで、……」

正哉は私の腕をねじまげて、立たせようとした。

「正哉さん。私のような者に、どんな噂がたっても、ちっとも構いません。奥さんが私となにかあったということは、聞き棄てにはできません。あなたが、ほんとに、そうだというなら、これから丸山さんに頼んで大磯へ行き、奥さんの前で、黒か白か、はっきりしようじゃありませんか」

私の顔から、急に血が引いてゆくのがわかった。

「文句いうな。芸者と寝ることが、免罪符の役割をはたすのだ。不見転《みずてん》と寝たというだけで、義姉さんも、ぱっちり目がさめるはずだから。男は女買いがあたり前だと兄貴の奴割り切っているから、今夜のことがばれても、結構、面倒は見るさ。おれは、聖人、君子振った花田のようなのが大嫌いなのさ」

私は、強力な正哉に引きたてられた。飯田が、ちらっと目配せしながら、

「花田君、若旦那のお世話になろうじゃないか」

と、私に言った。飯田は正哉と私のあいだに割ってはいり、逃げるように手で合図した。

私は二階の応接間に駆けあがり、電燈を消して、息を殺していた。

正哉は私の部屋へ覗きに行ったらしく、怒鳴ったり、襖を蹴とばしたりしながら、「二人は、どう見ても臭いぞ」と、飯田やキクに訴えているらしかった。正哉をなだめているようなキクの甲高い声がした。

私は窓から短く苅り込んだ頭を突きだし、夜の涼風になぶらせた。上気した頰を両手でおさえて、夜空を眺めると、ばらまいたように星がまたたいていた。

私の胸の奥に、息ぐるしくさせる圧力がうごめいている。性欲という形をとる前の重苦しいものなのだが、どこから来る圧力か、考えてもわからなかった。

明治屋などで手に入れた食料品を、丸山が自動車で、大磯へ届けていた。

別荘は鳴立沢《しぎたつさわ》に近い海辺に建っているらしかった。夜になると高い波が寄せて来るので、コンクリートの防波堤になっていた。

キクは、東京の本邸に出てきて、十年あまりになるが、まだ、一度も大磯へ行ったことはない。キクは最初から、台所の下働きだったから、別に行きたいと思ったこともなかったが、自然に耳からの知識で、はっきりと別荘の様子を思い浮かべることができた。

正男の姉トミが婿を迎えて、横浜の港近くで倉庫業を営んでいた。大磯の別荘にトミが子供を連れてゆくのが、毎年の例になっていた。

トミは、はげしい気性だが、判断がはっきりしているらしく、弟の正男も頭があがらなかった。

嘉子の従妹の芙美が、正男と関係できたあと、トミは生れた男の子といっしょに芙美を引き取り、知りあいの歯科医の後添にして、正男の尻ぬぐいもしていた。嘉子はトミを力にして、こまったときの相談相手だった。

梧郎と正安は、嘉子が大磯へ出向いてすぐ、北海道の漁場のほうへ行った。厚田の漁場は、正哉の弟の松蔵が仕切っていた。松蔵は優しい男で、梧郎と正安を、いつも気にかけていた。鰊がとれる春先きになると、以前には正男も漁場へ出掛けたが、下谷の芸者を身請して、一軒の待合を持たせてからは、東京にいて、松蔵を指揮するようになった。

「オオシケデ　アミアブ　ナイ、ニシンステルカ、アミステルカ」という至急報で松蔵から事務所あてに電報がきた。

「アミステルナ、ニシンナゲロ」と、正男はウナデンして、

「松蔵はお人好しだが、なんでも、自分で処理ができない。こまった奴だ」

と、小言を言ったりするらしい。私は運転手の丸山から聞かされて、漁場は、どうなっているのかと思ったりした。

松蔵は、親類、縁者の入れ知恵で、採れた鰊を時化で棄てたことにして、売上げ金を、みなで分けているのだった。漁も、むかしとちがって、捕獲高が減り、松蔵たちが細工をしないと漁師たちが干乾になってしまう現状であった。

「東京からの指示を待っていたら、網も船も時化《しけ》でさらわれてしまう。こんな簡単なことが気づかないから、社長は、きょうだいのうちで、誰よりも、お人好しだと社員は陰で笑っているのさ。二、三回、鰊を棄てたことにすれば、結構、一年間、楽に暮せるそうですよ」

丸山は、したり顔に言ったが、私は社長が感づいているような気もした。松蔵は郵便局止め扱いで、こっそり、梧郎や正安に小遣を送って寄越したりした。

君子の勉強をみることにして、私を呼ぶと嘉子は言ったが、正哉にからまれてから、なんとか口実を作って、別荘へ行かないことにしようと考えていた。

嘉子は日向ばかりで影の面がないから、計画的な悪巧みにかかると、じき、おとしいれられそうに見えた。世のなかを知らないうちに嫁いだ、育ちのよい女性にありがちな間の抜けたところがあった。

急に予定が変わったように嘉子たちの一行が引きあげてきた。

トミたちの仲間がふえて、窮屈になったことが理由になっていた。

その夜、トミたちから教わったという「銭まわし」を、みなでやることになった。丸山夫妻も、この遊びに加わったりした。

みなが車座になって、一枚の銅貨を順送りにしながら、誰の掌のなかにあるか当てる単純な遊びであった。

合わせた左右の掌を、次の番の人が包み込むようにして、左右の掌で触れたとき、互いの感情がたしかめられた。

嘉子は長い指の、冷たい手をしていた。

「花田さんの掌は、暖く、ふっくらしているのね」

思いをこめて、嘉子は言った。

竹久夢二の描く女に、嘉子は、なんとなく似ていた。肩が落ちて、背中をまるめたようにして、乱視の眼鏡をかけた目が大きく見ひらかれているせいらしかった。病的に胸がくぼんでいた。

組みあわせで、私は嘉子と幾度か隣り同士になって、冷たい掌に触れた。

「ママの指が細長いから、誰からも見られないように頼みます」

こんなとき、二人のどっちの手にも、銭がなかった。ママは私の両手を握り込むようにしたが、意識的な行為ではなかった。

男は丸山と私の二人だけだった。丸山のときも、私の場合も、相手の女の動きに華やいだ表情があった。

子供の遊びの銭まわしで、私たちは満たされないものを埋めているのであった。

君子の母親の嘉子が、この輪のなかで、いちばん、おぼつかなく、少女じみていた。

秀が「奥さま、お呼びですよ」と、私の部屋の外から言った。

返事をして、廊下へ出ると、秀が待っていて、「衣裳部屋です」と、案内した。浴室の奥の部屋の前で、「お連れしました」と、声をかけた。

私は「花田です」と、言い、「どうぞ」という声を聞いてから、襖をあけた。

ふた部屋が、ぶっとおしになって、一方の壁に、桐の箪笥が幾棹も並べて、はめ込まれていた。

「そこへ来て、座蒲団をお当てなさい」

と、嘉子が言った。

芝生が、この部屋から、青あおと見えた。君子の、ぶらんこが、少しの風に揺れ動いていて、お砂場には、ブリキの遊び道具が散らばっていた。

いつも、眺めている景色なのに、真新しいものを見るような新鮮さがあった。私は嘉子が、なにを言いだすか、見当もつかないので、庭を眺めて、気持をまぎらせていた。

衣裳部屋は、はじめて見たが、部屋へはいったときから、私のからだを、やわらかく香の匂がつつんだ。ぬぎ棄てたまま、衣桁にかかっている、きものの紅絹裏《もみうら》が三面鏡に、映っていた。

「花田さん、キクから聞きましたよ。正哉さんが妙な言いがかりをつけたそうですね。わたくしが、あなたに言って置きたいのも、これに関連があることなんです。どうして、花田さんに下着などをあげたことが、どこへも拡がり、いやな噂になったのでしょうね。秀やでも、キクでもないことは、ふたりの気性を知っている、わたくしが断言できます。盆暮れに、働いてくれたお礼のしるしに、反物や履物などを送るのが、うちの仕来りになっておりますの。花田さんの場合も、わたくしは、そんな気持だったんです。誰が話したか、横浜の義姉《ねえ》さんの耳にもはいっていて、わたくしは、おどろいてしまいました。これは主人の身内から出た噂ということでしょう。横浜の義姉さんは、こんなことで、つまらぬ誤解を招くのは莫迦らしいから、およしなさい。あなたを大磯に呼ばないほうがいいと申しましたの。君子が毎日のように、あなたを呼べと責めたことから、この話は出たのです。わたくしは、これから気をつけますと約束しても、ちっとも、やましいことがないんだから、気をつけようもないと言ってしまいました」

嘉子は、前の畳に眼をおとしたまま、言葉を選んで、まっすぐに気持を伝えようとしていた。

「ママ、ご迷惑をかけてすみません」

下谷の芸者に熱をあげている正男のために、嘉子の醜聞を流して、佐藤家から追いだそうとしている気配もあるらしかった。

「僕はママが好きです。どうぞ、お笑いください。好きだけれども、どうして、ママが不幸なめにあっているか、そこから、僕が考えてみてのことです。ママは、あまり、きれいなことを考えて、いつまでも娘のようだから、たくさんの女を知った、ご主人を満足させることができないからの不幸かもしれないと考えたりしました。キクの、毎月読んでいる婦人雑誌に、寝室の電燈を桃色にしたり、また、受け身だけでなく、女性の側から積極的に出たほうがいいなどと書いた記事を読んで、できたら、おすすめしてみようと僕が思ったりもして、折を見ていたのです。僕を救ってくれた、ご主人と、ママのあいだが、うまくゆくまで、と心をくだいていることが、気がついたら、あなたを好きになっていたので、おどろいてしまいました。正哉さんに問いつめられたとき、どうしても本心をいわなかったのが僕なのですから、自分で自分がいやになりました」

私はまだ、言い残したことがあった。佐藤家の援助がなくなり、学校へゆくのを断念しなければならないのを、私は、ひたすら、おそれていたのだった。

「義姉さんに、あなたが好きかとたずねられましたの。ええ、わたくし、好きよ、と言いました。きれいな心で、好きになっているんですから、義姉さん、いいでしょ、と申しました。こまった人だね、と言ったが、わたくしの気持、知ってくれたと思いました。花田さん、あなたも、私の考えがわかってくれるでしょう」

夏休みが終って、梧郎と正安が帰ってきたら、こまった事になりそうだと、私は思ったりした。

「これ、社長からです」

運転手の丸山が歌舞伎座の切符を嘉子に届けた。

嘉子は、スタンプでおした日付を見ながら、

「この日は、たしか、神戸にお出掛けになるはずでしたね」

皮肉をこめた声音になっている。

「そうです。ちょうど、同じ頃の急行でお立ちになります。三宅にお届けさせましょう」

邸の崖下に若い運転手の三宅が住んでいた。

「いいですよ。たまには、途中で拾うことにしますから。いつも、なにか見せていただくときは、誰かとお出掛けのときですもの。ちっとも、うれしくないわ」

丸山に、こんな気持を見せたのは、嘉子ははじめてのことであった。

嘉子は、秀やを連れて、君子といっしょに、いつも出掛けた。

「花田さんも、いっしょに連れて行きたいと思うのよ」

「なんなら、秀やの代わりではいかがでしょう」

秀やは嘉子にすすめた。

「お気持、ありがたく戴きます。お帰りは十時過ぎですか。乃木坂まで、お迎えにあがりましょう」

私は、これが、誰にも問題にされない考えだという自信があった。

歌舞伎座の観劇に出掛けた夜、私は乃木坂の市電の停留所のあたりに出ていた。

君子は幼稚園なども自動車の送り迎えだった。私は、こういう育ちかたをした子供の将来は、どんなことになるだろうと危ぶんでみたりした。

乗客が、まばらで、小さな電車は、白い把手を、ぶらぶらゆすりながら、幾台か通りすぎたのちに、嘉子たちが乗った電車がとまった。

秀やは観劇ののちの興奮が、まだ、残っているらしく、いきいきした表情を見せていた。

君子は、私の手に、ぶらさがり、

「電車のほうがおもしろいわ。いろんな人がみられるんだもの」

と、甘えたように言った。

「ママ」

と、君子が呼んで、二人のあいだに、ぶらさがった。秀やは気をきかしたように、遅くなってみたり、前のほうへ出ていったりした。

眠くなった君子を私が負うとき、嘉子は手を貸したが、触れられた指の動きが、私の背中で鋭敏に感じられた。

「君子さんの脚をきたえるためにも、できるだけ、自動車を使わないほうがいいですね。僕も手伝いますから」

「わたくしも、そう思うの。パパが、反対なんで、……これからは、脚を使わせることにしましょう」

氷川小学校の校庭の塀が、切れたところを左に見て、細い坂を右上に、のぼりつめたところに佐藤邸があった。

総檜の大きな門は、成金趣味だが、あとで新しく作ったものであった。これには棟梁の橋本が腕をふるった。

伊藤博文の妾宅だったという、この邸は、ほとんど、手がはいってはいない。門の前に山脇玄と山脇房子の名札が並んで出た黒塀の簡素な青いペンキ塗りの邸があった。山脇房子は、山脇女学校の校長であったが、房子の主人は辺幅をかざらない、やせぎすの老人であった。

山脇邸の隣りは、上野の音楽学校でピアノを教えている外人が住んでいた。

私は、自分のいる界隈を、ほとんど見ていなかったような気がした。

好きなひとといっしょに見る景色は、生きて動きだすものだと思いながら、私は嘉子の横顔を見た。

嘉子は、自分の意志で、動こうと決心したらしかった。

ひっそりと思いに沈むような、ねっとりした、にぶい動作がなくなって、嘉子のどことなく、はずんだ生きかたが、誰の目にも、うつった。

私は、札幌の親のところへ戻ってみることにした。

「脚気のほうは、よくなっているようですが、来春の志望校のこともありますし、一度、帰らせてもらいます」

「それも、そうね、わたくしの一存ではだめですから、パパと相談してみてください。年に一度ぐらいは帰りたいでしょうし、これまでの学生さんたちも、そのようでしたから」

従妹の道代から、久し振りの便りがあった。道代は、父の犠牲になって、財産目当ての結婚をしなければならなくなると手紙のなかで訴えていた。

道代は弟の修平から私の住所を聞いたというほどだから、私の家とも、連絡がと絶えていたらしい。

母は弟のために、道代の父である、私の伯父に頼んで、分家のときの財産を分けてもらってやった。

母の弟は、生れて、まだ、這い這いをするときが過ぎたばかりに、薦かぶりの吸口にすがりついて、おっぱいを飲むように、コクコク喉をならして、酒を飲んだという伝説のある、大酒呑みであった。むかしの話だから、粉飾もあるだろうが、たしかに、三度、破産したのは、酒にひたって、仕事をかえりみないせいであった。

叔父の二度目の破産のあと、伯父は私の母の頼みを、どうしても聞き入れようとしなかった。瀬棚《せたな》線の鉄道予定地にはいっていた伯父名儀の土地を、叔父にやる代償に、私の母は、道代を私の嫁にもらうという条件を出して、弟の危急を救ってやった。親子ぐらいに年下の弟を、私の母は、こまったものだと思いながら、かわいがっていた。

鉄道の敷地になって値あがりした土地を、叔父は金に代えて、自転車の販売代理店をひらいた。

叔父は自転車競技の選手になって、はでなユニホームを着たりした。自転車の宣伝に役立ち、売り上げ高もあがったが、慣れない選手生活で、肺門淋巴腺炎になって、長い療養生活が続き、また、元も子もなくしてしまった。

むかしのことなので、忘れていたらしい約束を、私が知ったのは中学二年生のときであった。母は、少し、うろたえたようにして、私に話した。道代が、やけどをしていたことも、伯父が母の頼みを聞いた理由の一つになっていた。

久しぶりに見る母は、脂けのない髪を無造作にまとめて、前歯も欠けたまま、

「よく帰してもらえたね」

と、いった。歯のないせいか、話すときに口は丸くなった。

「父さんは？」

「まあね、好きなようにやっているよ」

うちの暮しに、あまり役だたないということか、シモのところに入りびたっているのか、母の答えは、はっきり捉えようもなかった。

弟の修平は、まだ、学校から戻っていなかった。

九月にはいって、津軽海峡は荒れていた。私は船酔しない体質なので、伸した両脚をかかえこんで、丸い船窓から、荒れ狂う波のうねりを見ていた。波頭は白い花が咲いたように泡だって、私を呑みこもうとせまってきた。私が眼をそらすと、畳を敷いた三等船室には、革をはった木枕をして、乗船者たちが思いおもいの恰好で横になっていた。船のかたむき加減で、ころがりながら隅のほうに片寄せられたかと見る間に、反対のほうへ投げだされたりした。鉢巻を

した女が、はだけた胸に赤ん坊を圧しつけて乳をあたえている傍らに、若い男女が眼をとじたまま抱きあって、思い出すままに小学唱歌をうたい続けていたりした。あち、こちで吐き散らす汚物の臭気が、むっと立ちこめてきた。

硝子の眼をはめた人形のような娘が、もう、胃のなかに何も吐くものがない苦しさを、血のけが引いた薄い唇をあけて、あらい息づかいに示していた。眉の形が、どこやら、従妹の道代に似ていると私は思ったが、眉の付け根に力をこめる仕草なのであった。

道代のことをたずねようとしたとき、母は台所にいた。

腹をすかして、学校から帰ってくる修平のための、かぼちゃを煮る手順を、私のために少し繰りあげたためであった。

私の母は、小さいときにどん底で育ったせいか、人の顔をみれば、すぐ食べもののことを考える癖があった。どんな食べものでもいい、相手に腹いっぱいのしあわせを挨拶がわりに、いつ、どこでも、あたえようとした。

割られたかぼちゃが、厚い鉄鍋の中で、煮あがると、湯をこぼし、塩を振りかけて蓋をしたまま、放置されているうちに、鍋の余熱で水けがなくなる。子供のころ、私たちきょうだいは、時のたつのが長いような気持で仕あがりを待った。鍋のまま出されたかぼちゃを手づかみにして、私たちは食べられるだけ、いくつでもたべた。

修平が帰ってきて、改まった挨拶をした。弟は二つ年下だが、精神的にも肉体的にも、急に伸びる時期であった。制服の上着の袖口が、二の腕近くになっていた。

「ものを持ちあげたりすると、目だつから、できるだけ、じっとしているのさ」

修平は、世のしあわせをあきらめたようにいって、老人じみた表情をした。

修平は母といっしょに鍋からかぼちゃを手づかみにして食べていたが、私の分は皿に盛り、箸もついていた。

他人の飯をたべているうちに、肉親から少しずつ離れてゆくものらしいと私は思ったりした。

「兄《あん》ちゃん、おれ、小樽高商へはいるつもりだ。札幌から通学できるし、就職率もいいらしい。三年間の学費は姉ちゃんが出してくれるそうだし、……」

修平は英語に自信があり、高商では試験課目に英語を重視しているということであった。私は修平の計画的な受験勉強振りを聞いているうちに目先きがまっくらになった。世俗向きにできている私は、少しばかり裏側が見えはじめたため、まじめに受験勉強をする気が薄らいでいた。どこでもいい、簡単にはいれるところを探そうと考えたりした。

家に戻って二日目に、父と逢えた。

「吉平さんですか、よくお出でくださいました」

ただいま、吉平ですよ、と挨拶する私に、父は初めて見る人のような感じであった。

糖尿病を併発してから、父は頭の働きがにぶくなって、痴呆状態におちいることがあるといって、母は襦袢の袖口で目をおさえた。

父は帯を解いて前をはだけると、掌で腹を撫でながら、独り笑いになった。

「シモが家のそばまで送ってくれるが、きつい顔をして、ここから帰れというそうだ。わたしに気をつかってのことらしいとシモは話していましたよ。からだの、どこに故障があるのか、上半身が左か右かのどちらかに傾いて、倒れそうになったりするの。こんなときは人力車か、なんかに乗せるより仕方がない。発作は間遠になってきたが、吉平、父さんは、こわれた機械のようなものだよ」

私は大きな腹をなでさすって、涎をたらしている、少し、むくんだ父の横顔を見ながら、腹だたしい気持のあとの、うらぶれた哀しみにひたっていた。

母とシモが、どのようにかして、いつからか、行き来しているらしい。母は早くから琴似にシモがいることを突きとめていたようにも思われてきた。

手続なしに、すぐ本論にはいった気軽さは、父の糖尿病の発作のせいで、私は母にシモとの経緯を訊問されずにすんだ。

「シモは元気ですか」

「うん、店もはやっているようだし、なんの心配もなさそうだ。父さんが、なおったら、シモの考えしだいで、道がつくのだが、さて、病気のほうはどうなることやら、……」

参観にきましたといって、父が修平の教室へ顔をだしたりしたこともあった。

「修平はお前とちがって体裁屋だから、学校を辞めるといいだしたりして、ひと騒ぎあった」

「東京へ出掛けていた、ほんの少しのあいだに、いろんなことがあったんですね。ちっとも知らなかったから、のんびり暮していて、申しわけないような気持です」

父の病気の原因のなかに、シモと私との事柄があると思ってみたりした。

「知らずに、そのまま過ぎてしまったほうがいい場合もあるし、そうでないときもあるし、……道代からなんとか便りがあったかね」

「道代さん、一度、逢って話したいというんです。道代さんの勤めている郵便局長の長男と伯父さんが結婚させたがっているらしい。郵便局長は土地の素封家らしいし、私は良縁という気がするんですが、できたら、誰か救うつもりで、わたしと結婚してくれる人がいないかなあって書いてありました」

「呼んでおやりよ。血がつながった姪のせいか、道代のことが、いつも、気がかりでね。修平のところへは、こちらへ来る休暇をとるため、夏休みもとらなかったと便りにあったそうだ」

四年制の小樽の女学校を出た道代は帯広の郵便局に勤めた。修学旅行の帰り、札幌へ寄った道代は、グリン・ピースの買いつけで、帯広へ父が出掛けると話していたそうである。

「その頃から、縁談があって、道代を、卒業すると郵便局へ勤めさせたのかもしれないね」

郵便局長から、グリン・ピースの買いつけ資金が出ているかもしれないという考えが、私の母にはあるらしかった。

貯金のなかから、局長が一時流用していれば、焦げ付くと公金横領の罪になるはずであった。

道代に短い便りを書いて、二人のあいだに、ずいぶん、歳月がたってしまったと私は思った。

道代が並んで歩くとき、いつも私の右側で甘えたように左手を出して、私の右手を求めた。土橋のうえに被布をきた道代が、私と並んで手をつないでいた。道代が、まだ、小学校へ行かない前のことであった。おかっぱ頭の道代は、心持ち顔をまげて、私のほうを見あげた。いつ、どこの土橋か、はっきりしないのに、被布の飾紐の濃い赤だったことまでおぼえているのは、二人でいっしょに出掛けた、最初の日だったからだろうか。あのときも、私は道代の左手を握っていた。

道代の右顎のところに火傷があった。それをかくすために、いつも、道代は前屈みになって、人目を避けた。私と並んでいるとき顔の左側を見せる位置になるのは、そのたびに考えるのではなくて、習い性となった感じであった。

碁盤の目のようになった札幌の町を、私は道代と並んで歩きながら、話しあった。

「もう、ひとまわりしてもいいですか」

道代は、おかしそうに笑った。四角な町をまわっては、また、次の四角な町へ移るというようにして話しあいながら、かなりの時間がたっていた。エルムやアカシヤの並木が、しっとりした落ちつきをあたえていた。

喫茶店にもはいらず、人通りのない町を求めるように歩きつづけて、二人は夜風に吹かれていた。

まだ、若い月が街路樹のあいだから見えたりした。

「寒いでしょう」

道代は綿入れのきものをきていた。

「道代さん、どんな気持か、はっきりいわないとわからない。もやもやした感じでは捉えられるけれど、……」

私といっしょになれるなら、学校卒業まで待っているという心づもりを、不確な言葉で道代はいった。私は道代をしあわせにできる気はしなかったし、六、七年先きの結婚は、約束してみても、夢のようなことであった。

国縫と今金《いまかね》のあいだを乗合馬車が行き来していた、瀬棚線の列車が、まだ、通っていなかったころ、駅前の広場に置いた、空っぽの乗合馬車のなかで、私たち小学生が「お話大会」のようなことをして遊んだ。馬車には幌がかかっていて、絵本で見る外国の幌馬車のようであった。

道代はインドの話だとことわって、こんな話をした。気のやさしい男が、はじめて手に入れた一枚の銀貨で、好きなものを買おうと思って、手をひらくと銀貨が泣いていた。これは泪ではなくて、男が大切な銀貨を握りしめた汗なのであった。銀貨が別れるのを悲しんで、泣くのだから、手ばなしてはいけないと思っているうちに腹がへり、ついに、その男は死んでしまったという筋であった。釈迦の生れたインドにありそうな物語だと私は思ったりしたが、子供たちは莫迦げた話といって、点がはいらなかった。

道代は急に立ちあがり、家へ帰ろうとした。この乗合馬車は、うしろから乗り降りするようになっていた。観音開きの扉を、私があけて、踏段から、ゆっくり降りなさいと道代に声をかけた。

道代は私をめがけて、いきなり飛び降りたから、下で受け留めるのが、やっとであった。

「あっ、痛い。どうしたのさ。右手に石を握ったりして、……」

抱きついた道代の右手が、私の胸へ当って、息ができないほどであった。

「これでしょう」

道代は私の前に右腕を突きだした。静かに掌をひらこうとしたが、道代の指の付け根のあたりで皮膚が引っつき、どうしても伸ばすことができなかった。やけどのとき、ただれた皮膚が、たがいに付いたままになってしまったからであった。

「手術をすれば、指を切りはなせるそうですが、右手が変形してしまって、ごつごつした片輪になったんですもの、どうしようもないことです」

道代は両方の手を、私の前に差し出して、

「こんなに大きさもちがうんです」

と、肩を落した。道代の右手を私の両手に包みこんで、

「道代さん、どうして、これまで気づかなかったんだろう」

といった。

「育つにしたがって、引っつれがひどくなってきたんです。誰にも、見せたことがなかったの。吉平さんに見てもらって、ほんとによかった。早く打ち明ければよかった」

「いいんだよ。誰にもいいはしないよ」

と、私が約束した。

乗合馬車の扉は閉めていたから、ふたりは、そのまま、家へ帰ってしまった。

道代の右手に気づかなかったのは、じろじろと意地わるく眺めることを私がしなかったからではなかった。道代が心配りをして、誰にも気づかれないように振舞っていたからであろう。

郵便局でも、右手に気をつかっていると思うと、道代が哀れになった。

局長の息子との縁談をきらうのは、伯父の政略的な動きがあるにしても、道代が右指のひっつれにこだわっていることが、大きい障害といえそうであった。

聞けば、気の強い道代は違うと言い張るにちがいないし、そのように追いつめるのは、男らしくないと私は思った。

「道代さん」

私は向いあって声をかけると、エルムの太い幹へ道代を圧しつけていた。道代と結婚しようと私は優しい気持になっているのに、思っても見なかった力をこめた両手で幹に抱きついていた。幹と私のからだにはさまれた道代は、息苦しそうに身もだえした。胸のやわらかいふくらみが、暖く私の胸に、はずんだ。

「苦しいか」

月の光のせいか、青白く見える顔を静かに横に振って、道代は目をつぶったままにしていた。胸もとから、あまずっぱい娘の匂が、急に濃く流れてきた。両手で道代の頰をはさみ、固定した口に接吻した。

「道代さんさえよかったら、結婚しようと思うんだ」

「ありがとう。わたし、小さいときから、吉平さんのお嫁になろうと思っていたのよ」

道代は、まだ、目をつむったまま、自分に聞かせるように言った。夜露がおりたせいか、道代の髪が、しっとりと湿っていた。

「好きだという仕草が、どうして、荒々しくなるのかな。気をつけても、また、乱暴するかもしれないなあ」

「いいんです。殴られても痛くないかもしれないわ」

道代は私の母に話して、将来の方針をたてるつもりだと言った。

私は東京のママのことを思ったりした。道代と将来いっしょになっても、海上ビルの佐藤事務所へ勤めることになりそうであった。

いつか、道代との婚約を話さなければならないが、もっと先にしたいと思ったりした。

道代の休暇は一週間だったが、そのあいだ、母といっしょに台所にたって、お菜ごしらえを手伝ったりした。

「物産館のような、気楽な勤め口を探してくれるそうだよ。そのうち、なんとかなるだろ」

姉のツルをあきらめたらしい母は、道代を面倒みようと考えているらしかった。

私といっしょになることに賛成な母は、道代を手もとに置いて、家事を見習わせるつもりだった。

帯広へ帰る日が近づくにつれて、道代は考え込んだり、暗い表情をしたりした。

修平は学校が終えてから、図書室に残ったりして、帰りがおそかった。私に気をつかっているようでもあった。

母は果物を出して、近所に遊びにゆくといって出掛けたりした。

私が道代と抱きあっているところを母に気づかれてもいた。道代は顔をあからめて、乱れた胸もとを掻きあわせたりした。

私は道代の乳房に触ったり、いっしょに寝ころんで接吻しても、それだけではものたりない感じになった。いつまでも、終りがない動作を繰り返して、私は覚めた気分になっていた。

シモとの体験が、ともすると思いだされて、あのように相手のからだのなかへ射精したいと願ったりした。

私は避妊のためにサックを買いに行く勇気もなかったし、射精寸前に陰茎を抜きだして、外で射精しようと考えたりした。

「吉平さんがしたいなら、いいですよ」

道代は袂で顔をかくしていたせいか、汗に濡れた髪が額にはりついていた。

私は母が戻ってきても、家にはいれないように玄関の戸締りをしてきた。

道代の両脚をひらいて、私は陰核を舌でなめまわした。舌の先をまるめて、陰唇に入れると、道代は、ぴくっと内股を痙攣させた。ピンク色の膣から、きらきらと澄んだ蜜のような液があふれてきた。私は手をそえて、陰茎を膣へのぞかせるように施設して、道代に持ちあげて受け入れさせようとしたが、失敗した。シモのように、うまくできない新鮮さが道代にあった。失敗を繰り返しているうち、私は精神を消耗したが、亀頭も挿入できないうちに、射精してしまった。道代の陰部を眺めているうちに私は興奮していた。抱きあっていると、じき、勃起してきた。触った感じでは、幾分か軟くなっていた。私は道代のからだに乗りかかるようにして、陰茎を押しこんだ。最初の失敗で、陰門のあたりへ飛び散っていた精液が潤滑剤の役割をしたらしく、深く挿入できた直前に、道代は、あっと痛そうに叫んだ。押しひろがった膣が、ぴっちりと陰茎を締めつけて、私の精液を膣内へあふれさせた。

道代が腰巻をはずしたとき、血に染っていた。

道代が、ほそい首筋をみせて、うしろを向き、陰門に塵紙を当てた。

「どうぞ」

道代は声にならない言いようをして、残った塵紙を私の手に渡した。キレー紙という薄い化粧紙は、淡い青や桃色のものもあったが、道代のは白かった。重ねた紙の一枚をひろげて、眼にあてると、上気した道代の顔が、ぼんやりとぼけて笑っているように見えた。

私は道代のなかに射精してしまったことに、少しは、うろたえてもいた。そんなに妊娠することはあるまいと考えながら、私は憚りにたった。

道代が帰って、私は気がぬけたようにぼんやりと日をおくっていた。

うちにいても、私がすることは、なにもないようであった。特別扱いにして、内職なども手伝わせようとしなかった。

母と修平が、たまに袋張りの内職をしていることもあった。二人の呼吸がぴったりあって、私がはいりこむ隙がなかった。

前には、私が中心になって、どこからか仕事も見つけてきたのに、

「兄ちゃん、たまの休みだもの、ゆっくりしたほうがいいさ」

と、修平は取りあわなかった。

もてあましたからだを横にして、私は二人の仕事振りを眺めていた。

道代が帰るまでに、三度、関係した。二度は外で、芝生のうえであった。

道代は、自分からやりたいと口に出すことはなかったが、快感には鋭敏であった。

夜汽車で帯広へたったが、とめどなく流れる涙を道代はハンカチで拭った。別れが哀しいということもあったが、肉感的で、私との性交ができないことを、熱い涙のしたたりに示しているようであった。

私は人目をはばかって、道代の窓側の座席の前にたち、両手を壁に支えて幕を張った具合にして道代の涙をかくしていた。ハンカチが涙で役立たなくなって、道代は私の紺絣の袖でふいた。

「三度ですものね」

道代が、私に言ってから、三度といっても、一度に、なん回もしたんですものと低い声でたしかめた。

競馬場の近くで、私と道代は、幾度もつるんだ。

「夜の芝生は、なにがでるか、こわくて、気が落ちつかないでしょ」

道代は思いだしたらしく、私に語りかけながら、ポプラ並木のうえの青く澄んだ空を見あげていた。

「これが最後でしょ。なん度でも、いやになるまでしましょうよ」

「だめになっても、ちょっとたてばできるから。道代さん、心配しなくていい」

若いせいか、私はすぐに可能な状態になった。それまで、私が気づかないことであった。シモのころは早すぎて、まだ、私のからだができていなかったようであった。度数が多いので道代の膣が鬱血したせいか、最後の日には挿入した陰茎が動かなくなったりした。……

「赤坂の奥さんって、どういう方かね」

母は糊刷毛の手を休めて、できあがりの袋を数えていた。

「いいひとだ。私は、かわいがられるので、焼餅をやく人もいるが、姉さんより一つ年上だから、まあ、お友だちのような気もするね」

「らくだの猿股を、あんなに虫に食わせては、もったいないよ。その腕時計もいただいたそうじゃないの」

「こっちに帰るとき、買って呉れたのさ。脚気になったとき、毎日朝、昼、晩、一つずつ、夏みかんを食べさせてくれた。よくなったのは、ママのおかげさ」

私はママというとき、嘉子と正対しているような気がした。

「ママって、奥さんのことかえ」

母は顔をしかめて、軽薄だという意思表示をした。

「君子というお嬢さんの呼び癖が、うつったのさ。毎日、勉強をみてやっているもんだから、真似るようになるんだね」

母は道代から、まだ、便りがないかと私にたずねたりした。

「赤坂の奥さんはいい人でも、吉平がお世話になっている人の奥さん。気をつけないといけないよ。道代もいることだし、しっかり、しなさいよ」

父はシモのところらしく、家をあけていた。

「父さんも、いい年をして、どうする気かな」

私は母の気持をはぐらかすように言った。

「いい年をしてといっても、人間は迷いが多いものだから。老年ほど迷いが深くなるからね。吉平、どうにもならぬことが、この世には数えきれないほどあるらしい」

帯のあいだに、両手のそろえた指を入れるのが、ものを考えるときの母の癖であった。

私が赤坂のママを好きにでもなって、身を持ちくずしたら大変なことになると母は考えているらしかった。

「赤坂の奥さんが仕あわせになれるなら、私は死んでもいい」

と、母の前で言ったりした。赤坂の佐藤家の内部を、輪郭だけで説明しているうちに、つい、私は興奮していた。のぼせて、でたらめをいったのではないが、母は危機感を持ったようであった。

道代を私に近づけた母には、深い考えがあるらしかった。

私の肉欲が、みんな道代に流れ込んでしまったと思ったりした。

母と弟の手で、紙袋が百枚ずつ分けられてゆくのを眺めながら、安い内職の手間賃に、怒りがこみあげてきた。

気分がいらいらして、札幌の町を、あてどなく歩きまわっているうちに、中学の五年へ進んだ針谷と出逢った。

「帰っていたの」

私は北海中学へ古川教頭を訪ねて行く気もなかったし、親しかった寺川や針谷とも会いたいと思わなかった。

「脚気になったので、ちょっと帰ったところさ。みじめな気持がして、だめなのは僕だけだという具合に、自分を追いつめてばかりいるんだ。誰にも、帰っているなどといわないでくれよ」

「いやなら、だまっているさ。受験勉強のやりすぎで、神経衰弱になったのとちがうか」

北海道大学の林檎林のなかで、前から二人が好んで散歩に来たところだった。「そんなら、いいけど、懶《なま》けてばかりいるのさ。人生の意義みたいなことを考えて、英語の単語をおぼえるなんて、莫迦げたことに思えてくるのさ。そのくせ、中学だけで勤めたいと考えたりすると、四年修了で退学したのは、少し、はやまったと後悔したりするんだ。仮に専門学校へ行こうとしても、受験資格がないからね」

「花田君、大学へ行くつもりだったんだろ」

官立の高等学校を受けても、入学できそうもないと私は思っていた。

針谷と話しているうちに、私立大学なら、どこかへもぐりこめるという自信がついてきた。弟の修平が官立の小樽高商へはいるつもりなのにつられて、私立はだめだと勝手に考え、私は錯乱状態におちいっていたのだった。

私は、早く東京へ帰ろうと決心した。

「帰りの旅費は出してくれるといってました。そろそろ手紙で頼んでやります。こうしていても、ただ、日がたつだけですから」

私は母に言った。

「帰りのことは、こちらで仕度するつもりだったのに、それでは、あんまりでないか?」

「金を出してもらっているのは、僕だけじゃないんです。貰える規定があるのに、遠慮したりすると、他の人たちに迷惑がおよぶことがあるかもしれません。旅費が出なくなったりして、……」

「そうかえ、ずうずうしいと思われないように手紙をお書き。うちだって、出して頂けるに越したことはないんだからね」

東京から直接来るか、小樽の支店から送られて来るかわからないが、私は海上ビルの本社に当てて、会計の飯田に頼んでやった。

社長宛にしても、旅行中なら、そのままになってしまう心配があった。

母は解いたきものを洗って、仕立てなおしたり、私が持ち帰った洗濯物を、新しい品と取りかえて、行李につめたりした。

「道代のことは、町内会長に頼んであるし、なんとか、こちらに働き口が見つかりそうだよ。年に一度は帰っておいで、道代もよろこぶだろうからね」

「よろしく頼みます」

私は挨拶しながら、母から呪文にかけられたような気がした。自分がやったことに責任を持てとは、幾度もいわれてきたことであった。

父は、ほとんど、琴似のシモのところへ行きっきりであった。私の相談相手は、昔から、いつも、母だった。

母によばれて、私は、せまい路地に行った。夕暮時で、蚊柱がたったり、崩れたりした。きものの袂で蚊柱を払うと、群れになって、かぼそい音をあげながら、大きくまとまって柱になった。

「ひどい蚊だこと」

「東京の奥さん、いい人らしいが、世の荒波にもまれたことがないから、こちらで気をつけてあげないといけないよ」

大家族主義の名残が濃い佐藤家は、いろんな心づかいが重なりあっていて、いやになることもあった。

「僕のことですか。心配ありませんよ。幼稚園にかよっているお嬢さんの勉強をみる役なんですから」

母に安心させるために、私は屈託なさそうに話した。

「そんならいいが、自分で気がつかないほうが、かえって危険なんだから。受験勉強に打ち込んで、つまらぬことは忘れることだね」

弟の修平が模擬試験で、三番という好成績だったと母が教えたりした。修平は、私の行き悩みを感じて、なるたけ、そっとして置こうとしているようであった。

「修平は、できるから、どの学校へでもはいれるよ。それに小さいときから、無駄なことに頭をつかわなかったから」

いつも、困ったときは私が駆りだされた。

「母さんがわるかったのさ。なんでも頼んで、吉っちゃんを働かせたからね。むりやり、おとなにしたようなものさ」

誰にも悔はあるだろうが、私は伸び盛りの大切な時期を俗事に空費したと思っていた。

母は、うつむいて、頬のあたりに淋しそうな陰をおとした。みんなが生きてゆくための誰かの犠牲が必要で、その中心に、いつも、母親がいた。

私は、また、復興のめざましい東京へ帰った。

「あら、早かったわね」

キクが台所から顔を出した。

「奥さまもお嬢さんも塩原へいらしたのよ。秀さんを連れて、……」

私は嘉子夫人のいないところに戻ってきて、なんとなく気落ちした。

「なんだ、ママいないのか」

私はキクに、そのままの気持を吐露した。

「花田さん、誤解されるとつまらない。黙っていたほうがいいよ」

キクは磨きあげた、大きな飯櫃を庭の隅から取りいれてきた。

母から渡されたみやげをキクに渡すと、「済まないねえ」といって、小鼻に噴きだした汗を拭いた。

労働過重で、いつも疲れているキクの話は、みじめな内容なのだが、けろっと話すので、暗い感じはなかった。

キクは、誰かといっしょに働くことがきらいで、台所を、ひとりで切り回していた。

責任感も強いが、自分の仕事以外は決して認めなかった。他人の仕事のあらを探しだして、口ぎたなく、ののしるので、

「キク姐やは、ひとりでやらせたほうがいい」

と、いうことになった。福井という未亡人が、キクの前に台所仕事を勤めていた。

福井は厚田の漁場に働いていた女で、鍛冶屋の娘のキクを連れてきて、炊事を教えた。キクは、じき、覚えてしまい、世話になった福井を追い返したということであった。

丸山の仲間の永坂という運転手と、キクは婚約しているという噂だった。

キクが貯めた金と永坂の財産を出しあって、小さなタクシー会社を作るまで、別々に暮して、無駄をはぶき、早く資金を手にしようとしていた。

永坂とキクは、金がかからないので丸山の家で会い、二人は定期的にたがいの愛情をたしかめることにしていた。

キクは勝気なので、こんな話がひろがると、ぶちこわしになるから、誰にもいってはこまると、丸山の妻から念をおされた。噂は、どこからともなくひろがるらしかった。キクに相手の男がいるなどとは考えようもないことだった。

キクのことは誰にも話さなかったが、丸山の妻から、佐藤家のわるい噂が流れているような気がして、私は警戒することにした。

嘉子夫人は塩原温泉へ避暑に出掛けたが、帰宅の予定よりも滞在が長びいているということであった。

「お嬢さんに野草の採集が夏休みの宿題に出ていたんです。お付きの秀やが、代りにやることになるでしょうが、……」

私は、尾崎紅葉の『金色夜叉』で、塩原の風景を読んだことがあった。菊判の本で、分冊になっていたが、まだ、中学へはいったばかりで若かったせいか、凝った文体が気になって、すなおに内容が頭にはいらなかった。

草原の涼しい風に吹かれて揺れ動く、日光黄菅や松虫草を思い浮かべたりした。

第一外国語学校に受験生の夏季講座があり、私は途中から受講することにした。元一高の教授だった岡田実麿が英語の訳解を教えていた。いわゆる紳士といった風格があり、堂堂とした恰幅だった。

教室の椅子は、五、六人がいっしょに並んで掛け、机も、それにふさわしい長めのものだった。早いものから、前にすわるので、いろんな人と隣りあわせになった。

「君、『蒲団』という小説を読んだことがあるか」

鉄縁の度の強い眼鏡をかけた青年が私に言った。白絣の単衣をきて、くたびれた袴をはいていた。

「読んだよ。田山花袋の小説だろ」

「よく知っていたな。あのなかに出てくる女弟子横山芳子のモデル岡田美知代の兄が、口髭を生やした口を動かして、英語を訳している岡田実麿なんだ。小説に深入りして、モデルの穿鑿《せんさく》などにうつつを抜かすようになると、僕のような万年受験生になるよ」

私が、ひそかに考えたように、この青年は受験慣れした、落伍者の一人であった。

「癖のように、毎年、受けては落ち、受けては落ち、……」

歌うように言って、私を小莫迦にした笑いを浮べた。

塩原からの帰りを上野駅に出迎える丸山運転手に頼んで、いっしょに嘉子夫人たちを迎えに行った。

嘉子は、黒っぽく見えるほど濃紺の薄物をきていた。長襦袢の赤い柄が透けて見えた。

「身のまわりのもの、できるだけ少なくしても、出先で、ふやしてしまうから、だめなのね」

丸山とふたりで荷物をトランクに入れてから、私は助手席に乗った。

「花田さん、いつ帰ってきました。顔いろもよくなったようね」

「ありがとうございます。東京へ戻って、きょうで、八日目です。お嬢さんがいらっしゃらないし、さびしい気持でした」

低いが、よく、とおる嘉子の声をきいて、私の心はなごんできた。

眠りはたりないが、もう、少し起きていなければならないと思う、主人の帰りを当てもなく待っているときの嘉子は、

「花田さん、もう、少し、付きあってね」

と、私の部屋の襖の向こうから声をかけた。

力を抜いて、どんなことにもさからわないような、そのため、はっきり聞えて来るような嘉子の声であった。

「はい」

私は、部屋のなかから、そっけない返事をした。

丸山の空車が帰って来るのが、夜明けのこともあった。

身請けした女の家から引きあげようとして、痴話喧嘩になり、結局は泊ることになるらしいが、それまでの時間の浪費は、丸山にとっては成りゆき次第で、見当もつかなかった。自動車のなかで、腹をすかしながら、本宅に帰るか、泊るかの結果を待たなければならなかった。

調子のいいときは、台所で、てんやものを呼ばれたり、待っている自動車にお茶が運ばれたりもするが、長続きはしなかった。

私が戻ってから、社長は一度も帰らなかった。

嘉子が帰宅したという連絡で、主人が夜になったら顔を見せるだろうと私は思った。

長いあいだに自然にできた約束で、留守ちゅうのことは嘉子が口にしなかった。

使用人に、さげすまれると考える嘉子は、主人の消息に触れたがらないようでもあった。

台所に続いた居間に、嘉子がいて、主人の帰りを待っていた。

十時が過ぎて、私は紅茶がはいったということで居間に誘われた。

私は、はずかしいような、家からのみやげものを、夕食のときに嘉子に渡してあった。

「帆立の干物、おいしかったわ」

高いから、ほんの少ししか買えなかったと母は言っていた。

「花田さん、札幌をたったのは、十日前になりますね」

突然、嘉子が聞いた。大きな茶簞笥のうえに、社長あての手紙や電報がのっていた。

「これ、どうでしょう。神戸の支社からよ。あす、丸山さんに持ってってもらいましょう」

嘉子は主人が帰らなかったのを認めるように、手紙などを振り分けていた。

「花田さん、わたくしの出した手紙読みませんでしたか」

「いいえ、お出しくださったんですか」

「塩原は、はじめてですし、パパも、いっしょに参りました。きれいな川が流れて、河鹿がきれいな声で鳴いておりました。遊ぶような施設がなくて、いい避暑地なんですが、パパは退屈して、じき、帰ってしまいました。君子が、ママ、花田さんを呼ぼうというもんだから、速達にして、塩原へ、すぐ来るようにあなたに手紙を出したんです。あなたの手に渡らないとすれば、他のひとが読んで、そのままに葬りさったんですね。いやなの、あの手紙は、花田さんだけが読んで、誰も見はしないと決めて書いたものなのよ」

手紙が届いたころ、私の家には、父母と修平、従妹の道代、それに私だけであった。

「塩原の旅館の人が忘れたというような、……」

「そんなことはありません。長い木橋を渡って、川のせせらぎを聞きながら、みやげ物屋の前の赤いポストへわたくしが入れたんですもの」

嘉子は、しっかり者の秀やにも頼まず、自分で手紙を出したのだった。

「さっそく、うちへ手紙を出して、そのまま、こちらへ送り返すようにさせます。やはり、私がいけなかったんです。奥さん、あなたといっしょなら、死んでもいいなどと母にいったりしました。そのころ、母は奥さんの便りを手にしていたとしたら、頭をいためるようなことを私は散ざん言っていたかもしれません。出発するときも、注意されました」

「返ってきた手紙は、花田さんが読まないで、そのまま、わたくしに渡してくださいな。恥しいことが、手紙に書かれていると思うの。ほんとのことって、顔があかくなるようなものよ」

私は父にあてて手紙を書いた。

嘉子夫人の手紙は、新しい別の封筒に入れて、他人の目につかないようにしてほしいという注意は、父の手紙にも書いたが、修平にも、念を入れて頼んでやった。

私は、自分の部屋へ戻って、父と修平あての手紙を書きあげ、それを嘉子にも見せた。

札幌から、なんの連絡もないまま、残暑は過ぎて、赤とんぼの乱れ飛ぶ秋になった。

「申しわけございません。誰かの考えで、下さった便りは、焼き棄てられるか、どうかして、なくなったのでしょう。返事がないのは、あちらで、読んだにちがいありません」

「やはり、気になるわ。事情を知らない人に見られたら、恋文とおもわれることが書いてあったんでしょうね。いい年をして、……」

嘉子は、高い背を折るようにして、手で額を支えながら、「君子に書かせたら、なんという心配もなかったのに、……」と言い添えた。

下谷に社長が囲っている女のところに、男の子ができた。芸者屋をやっているが、踊の名手といわれる三代次は、お座敷にもでていたから、

「誰の子か、わかるもんか」

と、社長の弟の正哉は言ってもいた。三代次は成金と呼ばれる船会社の社長と長続きするために、芸者の看板をおろさないのだと噂されていた。

嫉妬心をあおって、佐藤社長を引きとめる策も、度が過ぎると別れ話になったりした。三代次の生んだ赤ん坊も、なんとなく、自分の子でないように正男には思われた。

名をつけることも億劫で、

「警視総監の名前でも、そのまま頂戴するんだな」

と、正男は言ったりした。

正男は、三代次との関係が、深くなってゆくのを、おそれてもいた。三代次が北海道生れというので、座敷へ呼んだのがはじまりで、ひいきにしてきたのだった。

女の世話は、長くて一年だと正男は決めてきたが、三代次のように子供ができた場合はどうなるか、見当もつかなかった。

本宅は女の子だけということで、三代次には、水商売で苦労してきた女特有の計算があった。

「金がなかったら、誰も、相手にしないだろう」

正男は、流連のはて、正気に戻って、白じらしい思いになったりした。

主人の帰宅が少なくなって、赤坂の邸から活気が失われてゆくようだった。

来年春から小学生になる君子は、急におとなびてきた。正男といっしょに出掛けて、大きな人形を抱えて帰ってからのようであった。

「なんということをするんでしょうね。うちのパパは。君子を連れて、下谷へ行ったらしいのよ」

君子は私になんともいわなかったが、強い刺激をうけた模様であった。

「あまり、おっしゃらずに、黙っていたほうが、よさそうですよ」

口数が少なくなって、考えているらしいことも君子の素振りにはあった。

私は、なんとなく、君子が敏感な感受性のために傷つく場合が、これからも多いだろうと思ったりした。

道代は帯広郵便局にいたが、手紙は出しにくかった。局長の息子の眼に触れる怖れがあった。札幌とは絶縁状態だった。私とのあいだに感情的なもつれがあったのではなくて、黙っていることが解決策と考えたからであった。

「たばこでものみなさいな」

嘉子夫人が、私にすすめたりした。

赤坂中学へ通っていた正安も、そのすぐ上の梧郎も、夏休みのあと、赤坂から出て、いっしょに下宿をしていた。どこへ行っても不満で、一箇所に長くいることができなかった。

早稲田実業に行っている梧郎は、卒業も近いので仕方ないが、まだ、中学二年の正安もたばこをのんでいた。

私は、たばこをのむというよりは、口のなかへ煙をいれて、吐きだしてみたりした。たまに喉へはいることもあって、はげしくむせた。

「なにか、たのしみがないと、だめになるような気がします。たのしみといっても、人をだますようなたのしみね。わたくし、心のなかと裏はらな生きかたをしておりますでしょ。これがいけないのだと悩んだりしましたが、相手をだましているんだと思うようになりました。パパなんか、大きなからだをして、泣いてあやまったりすることがあるのよ。わたくしは、パパをだましてやるつもりなの」

嘉子は、自分らしく素直に生きようと考えだしたようだった。

切炉に炭火が赤く燃えていた。

正男の帰宅が、はっきりしなくなって、待ちぼうけをくわされるようになってから、キク、秀、染子たちは、早くから自分たちの部屋へ引きあげるようになった。

自動車が坂をあがり、門の開くのを待っているとき、居間の障子を明け放って、部屋のなかから、たばこの煙がゆっくり流れているのを、嘉子夫人と私が、じっと、たったまま眺めていた。

庫が、居間について建っているので、明り窓が炉のうえの天井にあった。そこへはいった、たばこの煙は、どっしりとよどんで動かない。

たばこをのまない嘉子は小鼻をひくひく動かして、部屋に残ったたばこの匂いをかいでいた。

主人の正男は、たばこをのまないので匂いに敏感なのを、嘉子は誰よりも知っていた。

「こんなの、精神的な姦通って、いうんだわ」

嘉子は、気持のわるいほど落ちついた笑顔をした。下谷に男の子が生れてから、彫の深い謎のような微笑を嘉子はもらすようになっていた。

門をあけるために、私は台所を駆け抜けて裏木戸へまわった。


札幌のうちが住所書になって、道代からの便りが届いた。薄紫の角封筒にはいっていた。どんな小さなものにも、娘らしい気持を出そうとしている道代の心くばりが感じられた。

「誰か、いいひとからららしい」

秀やは、いたずらっぽく、上眼づかいに言った。

わすれな草が、封筒と同じ色の便箋に印刷されていた。

北海道の美術展が開かれていて、うちの近くの本間さんの世話で、展示場の監視に頼まれているということが、道代の手紙の最初のところに書かれてあった。

〝本間さんは、あなたもご存じの煙突の掃除屋さんということです〟とあった。自転車の荷台に煙突の掃除機をつけて、鼻の穴をまっくろにした本間のおじさんは、汚れた手拭で頬かぶりをして、得意先をまわっていた。雪が深くなると、乗らずに自転車を押して歩いた。

私たち中学生は、本間さんの自転車はよほど自慢のものだろう、北海道庁の長官からでも貰ったかもしれないと噂をしたりした。

〝私は郵便局長さんの机の前で、あなたの子供を生まなければならないと言っておりました。あなたは従兄で、あなたの母は私の叔母なので、小さいときから婚約していたことも話しました。

「こまりましたな。あなたが、その話をしたあとで、妊娠したのだったら、従業の局員たちに、納得させることができたと思います。いまになっては、ふしだらを私が認めることになって、若い男女をあずかっている局長としては示しがつきません。このことは、今のうちなら、わからないでしょうから、退職して、札幌の叔母さんのところで、子供を生んだらいいでしょう」と、局長さんが申しました。夜がせまった、暗い部屋には局長と二人だけで、私は、そのうち、つらくなって、大きな局長の机にもたれかかりながら、泣いておりました。

私は、叔母と相談して、将来のことを考えようとして札幌へ出て来たら、そのまま、こちらで暮すことになりました。〟

道代の手紙の事件の相手は、私で、その私が父親になるところなのだと気づいたのは、じっくりと読みなおしたときであった。

郵便局長が、父親のはっきりしない赤ん坊を、土手子《どてご》といったという道代の手紙の件りのところであった。

このままでは、私の赤ん坊も土手子になるという暗い哀しみに私は捉えられていた。

川べりの土手に抱きあって寝て、私生子を生んだ人たちだから、「土手子」という即物的な名が考えられたのだろうか。
私の前途に、まっ黒な幕が垂れさがったようであった。

〔「文藝」1975年10月～1977年1月初出〕

P+D BOOKS ラインアップ

東京セブンローズ（上）　井上ひさし　●戦時下の市井の人々の暮らしを日記風に綴る

東京セブンローズ（下）　井上ひさし　●占領軍による日本語ローマ字化計画があった

天上の花・蕁麻の家　萩原葉子　●萩原朔太郎の娘が描く鮮烈なる代表作2篇

海軍　獅子文六　●「軍神」をモデルに描いた海軍青春群像劇

若い人（上）　石坂洋次郎　●若き男女の三角関係を描いた〝青春文学〟の秀作

若い人（下）　石坂洋次郎　●教師と女学生の愛の軌跡を描いた秀作後篇

P+D BOOKS ラインアップ

終わりからの旅（上）	辻井 喬	●異母兄弟の葛藤を軸に、戦後史を掘り下げた大作
終わりからの旅（下）	辻井 喬	●異母兄弟は「失われた女性」を求める旅へ
ある女の遠景	舟橋聖一	●時空を隔てた三人の女を巡る官能美の世界
怒りの子	高橋たか子	●三人の女性の緊迫した〝心理劇〟は破局の道へ
三つの嶺	新田次郎	●三人の男女を通して登山と愛との関係を描く
硫黄島・あゝ江田島	菊村 到	●不朽の戦争文学「硫黄島」を含む短編集

P+D BOOKS ラインアップ

大陸の細道
木山捷平
●世渡り下手な中年作家の満州での苦闘を描く

変容
伊藤 整
●老年の性に正面から取り組んだ傑作長編

ア・ルース・ボーイ
佐伯一麦
●〝私小説の書き手〟佐伯一麦が描く青春小説

淡雪
川崎長太郎
●私小説家の〝いぶし銀〟の魅力に満ちた9編

暗い流れ
和田芳恵
●性の欲望に衝き動かされた青春の日々を綴る

北の河
高井有一
●抑制された筆致で「死」を描く芥川賞受賞作

P+D BOOKS ラインアップ

なぎの葉考・しあわせ　野口冨士男　●一会の女性たちとの再訪の旅に出かけた筆者

喪神・柳生連也斎　五味康祐　●剣豪小説の名手の芥川賞受賞作「喪神」ほか

宣告（上）　加賀乙彦　●死刑囚の実態に迫る現代の〝死の家の記録〟

宣告（中）　加賀乙彦　●死刑確定後独房で過ごす青年の魂の劇を描く

宣告（下）　加賀乙彦　●遂に〝その日〟を迎えた青年の精神の軌跡

貝がらと海の音　庄野潤三　●金婚式間近の老夫婦の穏やかな日々を描く

（お断り）

本書は1977年に河出書房新社より発刊された単行本を底本としております。あきらかに間違いと思われるものについては訂正いたしましたが、基本的には底本にしたがっております。また、一部の固有名詞や難読漢字には編集部で振り仮名を振っています。

本文中には女中、日雇の農婦、馬追い、酌婦、流しの浪花節、消防夫、気が変になり、大工、漁師、酋長、坑夫、人夫長屋、請負師、駅夫、職工、演歌師、看護婦、妾、二号、お妾長屋、思い者、土方、土建屋、盲縞、ズベ公、周旋屋、色町の女、監獄部屋、人夫、口入屋、香具師、船成金、付添婦、牧夫、四脚、シャモ、和人、出面取、未開地、土人、朝鮮人、お抱え運転手、婆や、書生、女中頭、唖、芸者、主人、奥女中、夜の女、外人、片輪、未亡人、使用人、芸者屋、成金、土手子、私生子などの言葉や人種・身分・職業・身体等に関する表現で、現在からみれば、不当、不適切と思われる箇所がありますが、著者に差別的意図のないこと、時代背景と作品価値とを鑑み、著者が故人でもあるため、原文のままにしております。差別や侮蔑の助長、温存を意図するものでないことをご理解ください。

和田芳恵（わだ よしえ）
1906年（明治39年）4月6日―1977年（昭和52年）10月5日、享年71。北海道出身。1963年『塵の中』で第50回直木賞を受賞。代表作に『一葉の日記』『接木の台』など。

P+D BOOKS とは

P+D BOOKS（ピー プラス ディー ブックス）とは
P+Dとはペーパーバックとデジタルの略称です。
後世に受け継がれるべき名作でありながら、現在入手困難となっている作品を、
B6判ペーパーバック書籍と電子書籍を、同時かつ同価格で発売・発信する、
小学館のまったく新しいスタイルのブックレーベルです。

暗い流れ

2021年3月16日　初版第1刷発行

著者　和田芳恵
発行人　飯田昌宏
発行所　株式会社　小学館
〒101-8001
東京都千代田区一ツ橋2-3-1
電話　編集　03-3230-9355
販売　03-5281-3555

印刷所　大日本印刷株式会社
製本所　大日本印刷株式会社
装丁　おおうちおさむ（ナノナノグラフィックス）

ISBN978-4-09-352411-7

P+D BOOKS